WOMEN,

AND

TOM GERVASI

MARVIN

COHEN

Sagging
Meniscus

Portions of this work were published in *Ambit #78* (1979) and *Confrontation #17* (Fall/Winter 1979).

Much thanks to Colin Myers for his assistance with preparing the manuscript.

Printed in the United States of America.
Set in Mrs Eaves XL with LᴀTEX.

ISBN: 978-1-944697-56-3 (paperback)
ISBN: 978-1-944697-57-0 (ebook)
Library of Congress Control Number: 2018930977

Sagging Meniscus Press
saggingmeniscus.com

La segunda carta

LA
SEGUNDA CARTA

LAYDA MELIÁN

La segunda carta

ISBN: 978-1-7363473-0-0

© Layda Melián

Primera edición: 2020

Correo electrónico de la autora: laydamelian@gmail.com

País Invisible Editores

Editor y concepto creativo: Emilio del Carril (emiliodelcarril@gmail.com)

Correctora: Mariana González

Diagramación: Eric Simó (ericji28@yahoo.com)

Diseño de cubierta: Manuel E. Alvarado López

Fotografía de la autora: Manuel E. Alvarado López

Agradecimientos

Recién había publicado mi primera novela cuando mi hermano, Sigfredo, me hizo llegar la copia de la carta del doctor Rhoads. Leerla me provocó el deseo de escribir una novela. El proceso requirió mucha investigación. Recibí el apoyo de mucha gente y mi agradecimiento es infinito. Tengo que agradecer al Archivo Histórico de Puerto Rico, a mi hermano Sigfredo López López, y a su compañera de trabajo en el archivo, Hilda Mercedes Chicón Estrella, por toda la asistencia que me brindaron. A Pedro I. Aponte Vázquez, debo agradecer el haberme dirigido hacia la Fundación Luis Muñoz Marín para ver los papeles de su investigación, el acceso a la imagen de la carta y los múltiples contactos de personas clave que compartió conmigo, que fueron de gran ayuda para completar detalles de la historia. También quiero agradecer a la hija de Luis Baldoni Martínez, Ileana Baldoni Rosario, por su gentileza al recibirme. Gracias a esa conversación pude formar una idea mejor sobre su padre, eso, aparte de haberme conectado con Sandra A. Enríquez Seiders, de quien obtuve un texto que aportó detalles importantes sobre la familia de Baldoni.

Muchos de los datos de esta novela nacen de varias lecturas: Pedro Albizu Campos: *Las llamas de la Aurora*, de Marisa Rosado (editor José Carvajal, Ediciones Puerto 2006); *Crónica de un Encubrimiento*, de Pedro I. Aponte Vázquez (Publicaciones René, 2002); *El Espiritismo en Utuado*: *La historia de las Hermanas Baldoni*, de Sandra A. Enríquez Seiders (2011).

Debo agradecer a mis lectores por toda la retroalimentación: Pedro I. Aponte Vázquez, Sigfredo López López, José Enrique García Arrarás, Rodrigo Fernós, Luis López Nieves, Vanessa C. Alvarado López y sobre todo a mi esposo, Tomás Alvarado Pérez.

Sobre todo, agradezco a mi editor, Emilio del Carril, por todo el apoyo que siempre me ha brindado.

Índice

10

25 de enero de 1932

La llegada

En mi mente retumba la frase, "los muertos son de otros". En breves minutos arribaremos al puerto; nunca pensé regresar, no me ha interesado. Lo estoy haciendo, obligado por una noticia. Desde esta proa, observo cómo el barco abre el camino de mar y me adentra en los muros grises. Llevo el ánimo de aceptar lo que me ofrezca la calle, la ciudad, la isla... Es una sensación extraña esta, la de llegar al lugar en que naciste y te criaste sabiendo que no habrá persona alguna esperándote. No me angustia, solamente me desconcierta. Lo mejor es que no regreso por velorios de los míos; llego por los finados de otros a los que no conozco y ellos no me conocen. Aquellos que, tal vez, no esperaban el momento de la ida; o tal vez se iban a morir de todas formas. Son ocho. Es un asunto importante, dice el jefe. No los muertos, sino el método. Otros han sido lastimados. Mi asignación es indagar, rebuscar, casi mover los adoquines azules de esa ciudad amurallada, hasta encontrar la verdad. Si es que existe alguna verdad.

26 de enero de 1932

Una noticia

Se presenta como un regalo inesperado mientras camino por la calle Allen de la antigua ciudad amurallada. Como toda sorpresa, provoca la mirada atenta y esa sensación de alegría infantil efímera; aquella que, aunque apenas dure unos segundos, la recordaremos para toda la vida. No espero encontrar otra cosa que no sea una noticia, pero ella está ahí, como damisela medieval en medio de las guerras entre señores feudales, necesitada de ayuda. Y yo, como caballero en armadura, he tenido que rescatarla, sin poder besarla, sin sentir un cuerpo que vibre asustado a mi lado, sin ver sus lágrimas ni poder oler sus cabellos. Es una simple moneda. La recojo, escarbándola de entre los adoquines. Me detengo a examinarla, creo que puedo identificarla con los conocimientos en numismática que adquirí con Dolores, el amigo de mi abuelo. Sé que no pertenece a este momento, a esta época; ha aparecido por cosas de la fortuna. ¿Será mi amuleto de buena suerte? Como aquel botón rojo que mi madre cargaba a todas partes…

Me ha contado esa historia tantas veces… Me parece escuchar su voz suave y melodiosa, casi en susurros. Aquella tarde en el campo, mientras caminaban entre los rosales, John, mi padre, aprovechó el momento en que la chaperona se encontraba lejos y detuvo el paso. Cuando mamá giró a mirarlo, él le dijo en inglés que quería decirle algo importante. Ella le veía en el rostro la ansiedad y, mientras esperaba porque a él le salieran las palabras en español, agarró el primer botón del vestido entre el índice y el pulgar de la mano derecha y comenzó a darle vueltas. Para el momento en que John logró decirle que estaba enamorado de ella y que la quería como esposa, la pieza se había salido del hilo y quedó apresada en la pinza formada por los dedos. Desde aquel momento se convirtió en el más importante de todos sus amuletos.

Recuerdo haber visto el botón ir de cartera a cartera, junto al pequeño bolso de pana en el que guardaba mi primer rizo. Debió haber tenido más hijos, así no estaría tan apegada a mí, pero por poco se muere después de tenerme; sangró tanto que quedó infértil.

Bueno, a partir de hoy llevaré esta moneda de pantalón a pantalón. Pero, eso sí, no creo que llegue a compartir con mamá otro hábito supersticioso. La pobre tenía varios: no caminar por debajo de una escalera, no romper espejos… Y doña Lala… ¡Ah! Esa era la motivadora de sus supersticiones. Jamás visitaré a madama alguna, como lo era ella; era la espiritista y consejera de mi madre. Recordar esas visitas siempre me produce ansiedad. La hilera de potes extraños, envases con agua y paños flotando sin razón me perturbaron durante la niñez. El miedo más terrible lo experimenté cuando la visitamos porque mi madre quería saber si su niñito sería un hombre de éxito. Vivía preocupada por mí, pues yo, a pesar de tener muy buenas notas en la escuela, era muy retraído. Lala nos estaba esperando, como todos los jueves, y me senté en una silla junto a ella. Puso su mano huesuda, llena de nudos de artritis, bajo mi mentón y me levantó la cabeza para obligarme a mirarla. Era fea. Tenía la piel gris con surcos incontables en la frente y unos ojos demasiado abiertos, sumidos dentro de cuencas oscuras casi cadavéricas. Creo que se percató de lo asustado que estaba porque me soltó rápido. Luego me revolvió el cabello con aquellas uñas largas cubiertas de esmalte rojo. Yo lo sentí como un gesto de reproche, de regaño, nada cariñoso. Apenas pude comprender entonces todo el proceso de ver a mi madre más tarde, agarrada de manos con la vieja, mientras esta última, con los ojos cerrados, le contaba mensajes sobre mi futuro, lo inteligente que yo sería y las múltiples envidias que le tenían. Papá censuró esas visitas y la cuestionó insistentemente sobre por qué tenía que llevarme. En múltiples ocasiones le dijo que no debería ir a visitar a "esa gente", mentirosos, pillos que buscaban sacarle dinero; ella nunca hizo caso. Me tocó acompañarla hasta que cumplí los quince años. Fue entonces cuando me sacudí la pena de verla ir sola y encontré todo tipo de excusas para zafarme de la situación.

Acerco la moneda a mis ojos y con asombro me percato de que es del siglo pasado. Pertenece a los últimos años del Gobierno español: 1884. La aprisiono con firmeza entre los dedos, la guardo en el bolsillo del pantalón y continúo hacia La Bombonera. De vez en cuando me detengo a mirar a los alrededores. Todo me parece diferente. Las vitrinas no son tan vistosas como lo eran en mi recuerdo. En la mente de un niño todo es más grande, tiene más color, está vivo. Me llaman la atención los sombreros que se exhiben. Son importados de España, según el rótulo junto a ellos. Detengo la mirada en otro punto y... ¡ah!, los encajes en las tiendas de tela me recuerdan a mi madre. Fueron varias las ocasiones en que llegamos a la vieja ciudad para comprar los encajes más vistosos. ¡El francés!, pedía mamá, para que la costurera le hiciera un traje. Su preferido era *chantilly*. Repaso las vitrinas con cierta satisfacción porque hace mucho tiempo que no visito San Juan. Pero tengo que abandonar la distracción. Retomo el camino dejando mi reflejo en todos los cristales. Al llegar frente al local siento la ilusión de los recuerdos del pasado, cuando acompañaba a mis padres. Abro la puerta del restaurante y entro ante la mirada curiosa de los parroquianos que se voltean para examinar a un norteamericano rubio, con una cámara colgando del cuello. Les doy los buenos días en perfecto español, como si entrara aquí todos los días, y camino hacia el mostrador. Me siento en una de las banquetas y ordeno café.

15

Mientras espero, saco la moneda del bolsillo para estudiarla con detenimiento. Está en perfecto estado. Tiene una flor de lis grabada. Siempre me ha parecido un símbolo interesante, desde que lo vi por primera vez cuando me ofrecí de voluntario para grupos de Niños Escucha. Recuerdo cómo, mientras caminaba alrededor del grupo, educaba a los jovencitos sobre el significado: los tres pétalos representan a Dios, la patria y el hogar. Luego seguía mi discurso, dejándoles saber que también representan las tres virtudes: abnegación, lealtad y pureza. Y les hacía hincapié sobre el norte señalado por el pétalo central: es el camino a seguir, siempre de frente, hacia arriba, soberanos, con honor, lealtad y pureza de cuerpo y alma.

—Flor de lis —murmuro entre dientes al levantar el café para sorberlo.

—La Casa Borbón de España —me comenta, con un fuerte seseo, el señor que acaba de tomar asiento en el taburete próximo al mío. Parece haberle divertido muchísimo ver a un joven extranjero hablando solo.

—Sí, pero el primero en incorporar el símbolo a su escudo fue el rey de Francia, Luis VII, en el siglo doce —respondo con una sonrisa, cuando giro para ver quién me habla.

El comentario me remonta a meses recientes. Acabo de regresar de España. Me encontraba asignado a cubrir los eventos del Gobierno, desde febrero del año anterior. Llegué unos días antes de que el rey Alfonso XIII destituyera a Damasco Berenguer y pusiera en su lugar a Juan Bautista Aznar. Ese es el tipo de noticia que me gusta. Esos días de intriga, de movimiento de protesta, de fuerza de pueblo, me parecieron un reto como reportero. Uno de mis mejores artículos fue el que informó de la votación para terminar con la monarquía y destituir a Alfonso XIII. Pero no soy libre de escoger mis trabajos y, cuando más concentrado estaba, me sacaron de España para venir a Puerto Rico a cubrir una noticia que no me interesa. La excusa es irrefutable: soy el único reportero completamente bilingüe.

Además, tengo media sangre isleña. Esa herencia que no quisiera tener me persigue a todas partes. Lo único bueno que reconozco de esta isla es el clima; por lo demás, hay demasiado atraso. No pensaba regresar. Mis padres viven en Boston. Ahora tengo la obligación de cubrir este suceso, y para hacerlo tendré que vivir un tiempo entre esta gente, a la que considero débil y sin carácter, sin capacidad de protesta.

—Míralo de esta forma: trabajas y de paso puedes ir a visitar a la familia de tu madre en el oeste —me dijo el dueño del periódico cuando me asignó, pensando que me atraería la idea.

Mi jefe, Max Oppenheimer, es un hombre tan cínico como ambicioso. Compró el *New York News* cuando estaba casi en la quiebra. Su meta es convertirlo en un periódico superior al *New York Times* y con ese empeño procura mantener contacto con todo el que conoce en sus viajes. Siempre los contacta, ya sea por carta, por telégrafo o por teléfono. No importa si la persona le es o no simpática. Su lema es: "Todo contacto es bienvenido, porque no es para hacer amigos, sino para hacer negocios". Max se relaciona con todo el mundo: obreros, artistas, banqueros, profesionales… el que sea, sin importarle el bando político al que pertenezcan. No le interesa opinar sobre política, solamente reportarla. Y si son, o no son, aliados de la nación norteamericana, lo tiene sin cuidado. Dentro de esos contactos hay un miembro del Partido Nacionalista Puertorriqueño, que reside en el Bronx. Fue ese el que lo llamó para informarle del asunto de un médico norteamericano que ha escrito una carta incriminadora. Max imaginó que debía ser un escándalo interesante, que llegaría hasta la Casa Blanca. Entonces, decidió sacarme de España y enviarme para acá. Yo no estoy muy contento con la idea. Prefiero el ambiente español lleno de cultura, arte, revolución y protesta. Max se hizo el sordo cuando le dije que no veía a mi familia materna desde hacía varios años y, por lo tanto, me parecía que no les importaba verme. Se han tornado antiamericanos desde que mi abuelo perdió su finca a los grandes intereses bancarios. No tuvieron los pantalones de defender lo de ellos y ahora tienen una queja por todos lados. Le conté todo al jefe con la esperanza de sacudirme la asignación, pero Max no reaccionó; parecía que yo no estaba hablando. Así que terminé diciéndole que, si insistía, yo iba a venir con la promesa de que él me regresaría a España tan pronto terminase.

En ese acuerdo quedamos. Abandoné Madrid con la satisfacción de haber reportado el triunfo del derecho al voto a las mujeres, la separación de la Iglesia y el Estado, y la subida de Niceto Alcalá Zamora a la presidencia. El ambiente ofrecía un aura de mayores turbulencias y yo quería quedarme para vivirlas, para sentir la furia de la sangre que defiende sus principios contra todo, correcto o no. Sé que voy a lamentar no estar allí cuando se reporten otros eventos importantes. Ahora estoy aquí, en la tierra de mi madre, casada con un militar norteamericano al que conoció en un baile en Mayagüez, apenas tres meses después de la invasión norteamericana por el puerto de Guánica, en 1898.

Arribé a San Juan ayer y hoy me dispongo a investigar, pero temo que si todo no es como lo pintan, esta noticia es un chisme de isleños. Nicanor Giménez, el español que acaba de sentarse junto a mí, se presenta oficialmente y entabla conversación. Yo me presento también. Coloco la moneda sobre la portada del periódico que he llevado para leer y lo deslizo hacia un lado mientras me dedico a conversar con el recién llegado. El hombre tiene, y exhibe, la curiosidad innata de los parroquianos, quienes una vez ven una cara desconocida la reconocen como se identifica un libro de ciencia en la sección de literatura de la biblioteca. Entonces tienen que hacer un interrogatorio extenso para poder clasificarla. Comienzan por el nombre, para buscar el linaje. El hijo del hijo del hijo, que es primo del tío, así eventualmente llegará a un punto en el que él conoce a alguien. Estamos todos conectados los unos con los otros a través de eslabones de personas entrelazadas alrededor del mundo. Cuando me ubica, comienza la segunda parte del interrogatorio, y en este momento hemos establecido un vínculo de amistad superficial que nos hará llamarnos amigos, sin serlo. Durante todo este tiempo la moneda descansa exhibiendo la flor de lis en contraste con el titular del periódico *El Imparcial*:

El sensasional caso de un médico norteamericano que dice haber asesinado a ocho puertorriqueños e ingertado gérmenes del cáncer en muchos más.

3 de octubre 1919

Una universidad

Una alfombra escarlata cubre el campus de la Universidad   21
de Harvard. Es octubre de 1919. El verano ha dado paso al
otoño para que los árboles se desnuden y arropen al suelo camino al invierno. Ya el fin de la guerra, celebrado en noviembre
de 1918, es una memoria lejana. Los rosarios que se hicieron
para los millones de soldados muertos y heridos son parte del
pasado. Los periódicos han olvidado los titulares de la "Guerra
Mundial" y dan paso a reportar el escándalo de las grandes li-
gas: algunos peloteros de las Medias Blancas de Chicago se han
dejado comprar por los apostadores, para perder la serie mundial ante los Rojos de Cincinnati. En estos momentos nada es
más importante en la nación norteamericana que el juego de
pelota.

Pedro se encuentra leyendo un libro de técnicas de guerra y
asuntos de milicia, mientras espera que llegue la hora para ir a
buscar a los estudiantes nuevos y llevarlos a conocer el campus.
Hace apenas un mes ha reanudado sus estudios de leyes. Los
detuvo por un tiempo cuando decidió enlistarse como voluntario del Ejército norteamericano para participar en la guerra.
¿Qué acción podía ser más honorable que defender la patria?,
decía a sus amigos del ROTC.

Cierra el libro. Levanta la vista hacia la puerta y recuerda
aquel día de abril de 1917.

*

Se encontraba estudiando en la biblioteca cuando entró un estudiante gritando que los Estados Unidos le habían declarado la guerra a Alemania. Caminó entre todas las mesas repitiendo lo mismo. Se esperaba que pudiera ocurrir desde el día en que asesinaron al heredero del imperio austrohúngaro, pero aun así era motivo de sorpresa. Pedro observó al joven por un momento. Primero quedó perplejo ante el revuelo y luego se puso a pensar que tal vez era el momento de poner en práctica sus conocimientos militares. Todas esas lecturas tenían que servir para algo. Se levantó de la silla, recogió sus libros y se dirigió al Departamento de Asuntos Insulares. Cuando entró por la puerta pensó retirarse. La fila era muy larga y estimó que perdería más de una hora en ella, pero luego se resignó a hacerla. Cuando le tocó su turno se acercó al general MacIntyre y le manifestó su interés de servir en las filas de la Infantería. El oficial le sonrió y le hizo una pregunta inesperada:

—*Do you believe in the American flag?*

Nadie le había preguntado semejante cosa jamás, pero estaba preparado para la contestación. Respondió sin titubear, totalmente convencido:

—*I truly believe it is a "symbol of democracy and justice", sir.*

Albizu esperaba que lo reclutaran inmediatamente. Sin embargo, después de tomarle sus datos, el general lo envió de vuelta a sus estudios con la promesa de llamarlo más tarde. El joven recogió sus libros y se retiró otra vez a la biblioteca. Ya casi se le había olvidado el asunto cuando recibió una carta en su apartamento. Le notificaban que estaba asignado a Ponce, Puerto Rico. Entonces, detuvo sus estudios de leyes y se fue a su ciudad natal a comenzar el entrenamiento militar. Apenas llegó, sus superiores se percataron de su fuerza como líder; dominaba el idioma y su voz demostraba poder de convocatoria. Por eso le encargaron que organizara un grupo de voluntarios. Para alguien criado en aquellas calles esa orden era tarea fácil. Todo sería cuestión de sonrisas y saludos, de encuentros mañaneros para tomarse un café, de procurar sobre la salud de la madre, del padre, de la hija, o del pariente que fuera. En vez de poner avisos por todos lados, como le sugirieron los jefes militares, se entregó a caminar bajo el sol y abordar a los candidatos de tú a tú. Comenzó visitando a sus amigos y conocidos, y de ellos obtuvo una segunda lista de amigos y conocidos. En relativamente poco tiempo reclutó setenta y dos hombres en el sector de la Playa de Ponce y los presentó como el *Home Guard* ante el general. Había dejado una buena impresión. Meses más tarde lo enviaron, en calidad de primer teniente, al campamento Las Casas, en San Juan. Allí comenzaría oficialmente la vida militar. Sin embargo, después de correr por la ciudad entre blancos, negros o mulatos, se enfrentó a una separación desconocida, una guerra que no esperaba: la guerra del racismo. Cuando entró al campamento caminó entre una multitud de soldados norteamericanos y se dirigió a la mesa de información. Le preguntó al oficial cuál era el grupo que le correspondía, y el joven blanco le contestó:

—Con los negros. Todos los puertorriqueños están con los negros en el Regimiento 375 de Infantería.

—Pero usted no me ha buscado en la lista... —comentó Albizu.

—Me basta con mirarlo —respondió el joven.

Albizu se unió a su grupo, molesto por el racismo, pero deseoso de comenzar a combatir. Sin embargo, cuando apenas llevaba ocho días en su rol de teniente, a las once de la mañana del 11 de noviembre de 1918, las noticias reportaron el fin de la guerra. Un acuerdo de armisticio, preparado por Francia y Gran Bretaña, fue firmado por Alemania en el preciso momento en que Albizu entregaba su arma, después de la práctica de tiro al blanco.

*

Todo esto lo recuerda esta mañana de octubre de 1919, mientras espera a que llegue el momento de ir a la oficina de

Admisiones, a servirle de guía a un grupo de jóvenes interesados en ser aceptados para el curso que inicia el próximo otoño de 1920. Va a por los estudiantes, cuando su amigo William se le acerca para hablarle.

—Pedro, recuerda que esta noche se reúne el comité a favor de la independencia de Irlanda. No faltes —le dice William.

—¡Claro que no voy a faltar, yo soy el fundador! Recuerda llevar las notas de lo que discutimos en la reunión pasada —le indica Albizu mientras sigue caminando hacia la oficina de Admisiones.

24

Darle rondas por la Universidad a un grupo de jóvenes ricos, con aires de amos del mundo, no es algo que le agrade a Pedro, pero accede como lo hubiera hecho con una orden militar. Los recoge en la oficina de Admisiones, les da las instrucciones para que no se alejen del grupo y los lleva a conocer el entorno. Cornelius, quien llega justo cuando van a comenzar el recorrido, ha decidido unirse al grupo en el último momento. Entre los futuros universitarios hay alemanes, franceses, portugueses, italianos y norteamericanos. Caminan por el campus detrás el guía con la risa propia de los adolescentes. Albizu puede apreciar que en ese grupo no hay pobres, ni negros. Los lleva de edificio en edificio de forma automática. Les contesta todas las preguntas en sus respectivos idiomas y soporta todos los comentarios, aunque le parezcan absurdos o incómodos. Como el de la francesa que le comenta que vio un negro, por primera vez, cuando sus padres la llevaron en 1907 a visitar un zoológico de humanos, durante una feria en Paris. Albizu enfoca su mirada oscura en la claridad de aquellos ojos, que lo hacen recordar las sabanillas azul pálido que lavaba su tía a la orilla del río Bucaná. Le contesta "interesante", y continúa señalando edificios; a una niña tonta no se le hace mucho caso. Pedro ya está entrenado en la tolerancia al racismo; primero en el Ejército y, recientemente, durante su viaje a Boston para reunirse con el grupo de estudiantes del Club Cosmopolita de Harvard, escogidos para viajar a Versalles a participar en la conferencia internacional de la paz. En esa ocasión se encontraba en la isla cuando le avisaron, y, para llegar a tiempo a reunirse con ellos, tuvo que pasar por Galveston, Texas, San Luis, Mobil, y Nueva York, hasta llegar a Boston. Fue una travesía que lo expuso a las miradas de asco, a los espacios reservados para blancos y a las portadas de los periódicos, con fotos de veteranos negros de la guerra, linchados y ahorcados de la rama de cualquier árbol a las afueras de un pueblo en el norte de Texas. Aquella foto del ahorcado que vio en un periódico le validó que, aunque se sacrificara por la libertad de ese pueblo, ante algunos siempre valdría menos. Aprendió a intentar ignorar el racismo para no perder el enfoque de su meta.

Cornelius camina con el grupo en silencio. Había pensado no asistir, pero cuando vio a la francesa unirse al grupo, decidió acercarse para poder relacionarse con ella. Está convencido de que no necesita un guía para aprenderse los caminos dentro de la universidad, él solo podía llegar a conocer, y sobre todo recordar, los edificios. Durante toda la hora que dura la caminata observa los gestos de Albizu y escucha su acento, pero no puede ubicarlo. De regreso a la oficina de Admisiones se acerca a la francesa y le pregunta si sabe de dónde es el negro. Ella le susurra en su idioma que le parece haber escuchado que viene de una isla.

—Del barrio Tenerías, por Machuelo abajo, cerca de las aguas del Bucaná, de Ponce, Puerto Rico no Porto Rico —les grita Pedro desde el frente del grupo—. Y ustedes no tienen la más mínima idea de dónde queda eso. ¡Búsquenlo en un mapa! —terminó diciéndoles en un francés con acento latino.

Con ese comentario se despide del grupo y retorna a su cuarto, desde el cual mira con añoranza aquellas hojas de otoño, soñando con que fueran las hojas del yagrumo que solía ver todas las tardes de camino a su casa; múltiples bandejas de plata que recogían las perlas de su tierra.

Pedro se volverá a cruzar con Cornelius en varias esquinas del recinto universitario sin darse cuenta, sin reconocerlo, porque su cara es igual a miles de caras que circulan por los pasillos, por las aulas, por los jardines de la universidad: blancos sonrosados, altos y rubios, con ojos de cristal que rompen la luz en destellos primaverales. Cornelius observará al joven negro desde la distancia, absorto y perplejo ante la realidad inconcebible de los rumores que circularán por los pasillos de la escuela de leyes: Pedro Albizu Campos es un candidato a ser el *valedictorian* de su clase.

27 de enero de 1932

Un biaje en tren

"Granada, tierra soñada por mí…"

La radio está a todo volumen y la voz del tenor José Mojica llena el espacio del recibidor en el Hotel Mayor, en la calle Fortaleza, según el anuncio del local; o la calle Allen, según el mapa americano. En estos días habrá un evento con Mojica y ha sido motivo de revuelo en la ciudad la visita del mexicano, gran artista, tenor y galán de cine. Aquí no hay muchas diversiones, aparte de las reuniones íntimas entre amigos. Un evento como ese no se puede perder. Estoy seguro de que la alta sociedad de la capital se dispone a asistir. Lo escucho con agrado mientras rememoro la lectura de la entrevista que le hiciera *El Heraldo* en España. Mariela y yo la comentamos entre tapas de chorizos y copas de vino.

Mariela me hizo reír ese día. Cuando Mojica se lanzó a buscar la fama, emigró a Nueva York. Eran los años de la guerra y en lo que conseguía audiciones trabajó lavando platos. Ella leyó que Mojica cantaba *El barbero de Sevilla* mientras lavaba, y se puso a hacer los gestos como si fuera él. Mariela… ¿dónde estarás a esta hora?

Me gusta compartir con ella. Tal vez porque no intenta seducirme. Es una amiga de verdad; bueno, aparte de que me lleva quince años. A veces me pregunto por qué no se casó, ni tiene hijos, ni amantes. Nunca me ha contado de amores, a pesar de que yo me desahogué con ella cuando rompí mi relación con la francesa, Edith. Tuve ideas de matarla cuando la encontré en nuestra cama con el vecino. Si no hubiera sido por los consejos de Mariela, lo hubiera hecho. Tenía tanto coraje...

¡Quién lo hubiera dicho! Conocí a Mariela sin intención de conocerla. Me encontraba leyendo el periódico en Central Park cuando Luis, un excompañero de universidad con el que compartí habitación por cuatro años, se acercó a saludarme. Nos pusimos a recordar. Habíamos tomado la misma clase de inglés e intercambiamos notas regularmente. Luis se graduó con un bachillerato en Inglés y prosiguió estudios hacia un doctorado en literatura. Para mí, un bachillerato fue suficiente. Me harté de tantos libros y exámenes. Quería vivir la vida, viajar el mundo... Esa es la verdadera forma de aprender: escuchando, mirando, tocando. ¡Viviendo! Tan pronto me gradué conseguí este trabajo.

Aquel día Luis tenía un compromiso y se fue al cabo de una hora, no sin antes invitarme a la Exhibición de Arte Internacional Moderno, en Brooklyn. Allí vine a conocer a Mariela. Luis llegó con la novia, una flaca tan rígida y antipática que parecía fea. Realmente no lo era. Tenía un porte de modelo gringa, con ojos azules. Como la conversación no la incluía a ella, lo haló al rato para que se fueran. ¿Cómo es que hay personas que creen poder hacer eso disimuladamente, halando el ribete de la chaqueta o rozándole la pierna con la mano? Fue tan obvio para mí... Me dio pena con él; la mujer lo mandaba y ni siquiera estaban casados aún. Cuando se fueron me dejaron plantado frente a un cuadro de Joan Miró: *El Caballo de Circo*. A mí me da igual un cuadro u otro, porque la verdad, no les veo mucha diferencia. Bueno, tal vez tenía que ser así. Yo lo miré... y lo miré... aparte de muchos colores no podía entender la imagen. Mariela se percató de que estaba confundido y se acercó a darme una clase. Me estuvo muy entretenido. Fue como cuando te resuelven una ecuación matemática desde el principio: que el pintor era catalán, que eso era una transformación del estilo, del color, del contraste... Y yo, como tonto, con la boca abierta sin saber qué decir, pero tratando de aprender, asentí a todo con la cabeza a falta de palabras. Esa mujer sin maquillaje, de apenas cinco pies y dos pulgadas y con el cabello corto, marrón y revuelto, me dejó impresionado. Cuando terminó la exhibición la invité a almorzar al otro día: una hamburguesa con Coca Cola. Las primeras de su vida, según comentó una vez. Ha sido bueno conocer a Mariela, aunque mis otros amigos le pongan el mote de vieja solterona, e insistan en que anda buscando algo. Algo, sin definir el algo. Así son las confabulaciones de mis amigos reporteros. No debí contarles sobre ella. Para mí es agradable, simpática, educada, buena compañía y siempre contesta mis cartas. Cuando me enviaron a España me recibió como familia.

La mañana avanza con la laxitud del trópico. Aquí no hay prisa. No debe haberla cuando la humedad se adentra en cada poro de tu piel y amenaza con retar los aires frescos de enero hasta calentar el cuerpo. Me detengo en el umbral de la puerta de salida del hotel para mirar el movimiento en la calle y luego verifico la hora en mi reloj de pulsera. Es un Audemars Piguet que me regalaron mis padres cuando terminé el bachillerato. Ya es tiempo de emprender camino hacia la estación, en la esquina del Paseo Covadonga con la calle General Harding; el tren hacia Mayagüez debe partir dentro de una hora. Llegar hasta él me toma veinte minutos. Tengo que decidir si me quedo en la casa de mis abuelos o en la de mis padres, que ahora es el lugar para vacacionar durante los inviernos. Hace más de diez años que viven en Boston. No pienso quedarme más de una noche en el oeste y no quiero que los abuelos se enchismen si decido no pernoctar con ellos. Por eso les he llamado desde el hotel, para que sepan que llegaré en la tarde. Hace calor, pero la brisa del mar refresca la mañana y este sombrero me mantiene la frente seca; así se puede caminar en esta isla.

Llegué a la estación y apenas sudé. Miro alrededor buscando caras conocidas, para sentir que pertenezco, que esta es mi isla,

29

que esta es mi casa, que estoy acompañado, pero no identifico a persona alguna. Soy un extranjero en mi propia cuna. Entrego el boleto, abordo el tren y me ubico en uno de los asientos de primera clase, de paja, cerca de la ventana. Se supone que debía ser más cómodo que los de segunda clase que son de madera, pero a mí no me parece así. Me arrepiento de no haber escogido viajar en el coche cama nocturno. Es más parecido a los trenes europeos. Aquellos que tantas veces abordé con Mariela cuando decidíamos escapar de la rutina del trabajo y asistir a algún evento en otro país. Mi amiga, como si fuera una hermana mayor, se ocupa de las reservas y no pierde un momento para señalarme una candidata para novia en cada ciudad. Yo siempre me rio de sus gracias. Me muevo en el asiento buscando estar más cómodo. Por lo menos desde esta ventana puedo apreciar cómo ha cambiado la isla desde que me fui a vivir a Norteamérica en 1920; entonces tenía dieciocho años.

Saco un periódico del maletín e intento leer. Poco a poco la gente va llenando el tren. Un momento más tarde un señor corpulento, vestido de chaqueta, se acomoda junto a mí.

—¡Buenos días, caballero! —me dice el recién llegado.

No me interesa conversar así que le respondo un "Buenos días" entre dientes, y levanto el periódico. El señor no entiende mi señal y se dedica a comentar de todo y sobre todos. Desde que se sienta insiste en informarme, uno por uno, sobre los que se van montando al tren. A algunos los conoce mejor y abunda sobre ellos.

—Mira, ese es Ramón Montorio. Ha venido a San Juan a visitar a la corteja. Es dueño de medio pueblo de Hatillo y tiene varias propiedades en San Juan. Dicen que tiene como veinte hijos, casi todos reconocidos.

Como si a mí me importara que el hombre tenga una corteja. Ni siquiera levanto la cabeza. No quiero que interprete que me interesa su desglose de personas. Intento dejarle ver que estoy concentrado en el periódico. Lo alzo y lo coloco directamente frente a mí, formando una casa que oculta mi faz. Él no solo no se calla, sino que parece haber caminado toda la semana con la misma ropa. Desvío la cara un poco hacia la ventana buscando aire fresco, para escapar del olor hiriente que me lastima las fosas nasales, y me recuerda los vegetales descompuestos en los zafacones del Mercado de la Plaza de Olavide, en Madrid. El don insiste, y cuando se cansa de comentar sobre los que llegan decide entrevistarme. Bajo el periódico y lo miro. Intento formar una imagen de su persona así que lo examino mientras respondo con monosílabos a todas las preguntas. Después de un rato me doy por vencido, puesto que no he logrado terminar de leer ni siquiera una noticia completa. Lo cierro, lo doblo y lo guardo. Me presento formalmente, resignado a conversar con alguien que no me interesa. Es así como me entero de que es maestro de inglés en una escuela superior. Además, es el padre de uno de los abogados de la oficina del procurador general Ramón Quiñones, el mismo a cargo de la investigación del caso que he venido a reportar.

—En el proceso de americanización de la isla el inglés es prioridad —dice el maestro con orgullo—. Se espera que las futuras generaciones hablen exclusivamente inglés. Dentro de varias décadas, solamente los viejos nacidos antes de 1900 hablarán español.

Me imagino que espera que sus nietos dominen la lengua anglosajona mejor que Sinclair. Yo le he estado hablando en español, y de pronto el hombre comienza a hablarme en inglés con un acento muy propio, sin apenas abrir la boca para pronunciar. Me siento confundido, no lo puedo entender; entre otras razones, porque conjuga mal los verbos. Pero no quiero ser grosero y se me ocurre entonces suplicarle que me hable en español porque tengo pocas oportunidades de conversar en mi idioma materno. Me resigno a contestar el interrogatorio sobre mi vida y la misión que me trajo de regreso a la isla del archipiélago que me vio crecer. Es un pequeño sacrificio para no tener que tolerar ese acento que convierte el inglés en un español incomprensible. Le dejo saber que soy reportero, hijo de un soldado norteamericano, nacido en Boston, y una puertorriqueña, natural de Mayagüez, la misma ciudad que escuchó mi llanto de recién nacido. Por haber escuchado comentarios similares, pienso que ante los ojos del maestro he mejorado la raza. Una vez adquiere confianza se atreve a sugerirme que debo olvidar el español, que eso me desluce. Insiste en el interrogatorio. No le basta conocer mis orígenes; necesita saber de qué se trata la noticia que vengo a investigar. No pensaba decirle, pero por un momento entiendo que él podría ser buena fuente para mi investigación. Le informo que he venido a reportar sobre la historia del médico que escribió una carta en la que informa haber asesinado a una serie de puertorriqueños. Sin embargo, he cometido un error. Esto no es lo que el hombre quiere escuchar. Su semblante se torna muy serio. Su cara redonda se vuelve cuadrada, los ojos pierden la luz y la frente se inunda de pliegues. Evidentemente mi respuesta no es de su agrado. Tras una pausa, levanta la voz para decirme con autoridad:

—¡Esos son cuentos de camino! Ya me lo dijo mi hijo, que eso no es cierto. Los norteamericanos han venido a ayudarnos, solamente a ayudarnos.

Aprovecho el sobresalto para preguntarle si sabe algo. Le digo que apenas estoy en el comienzo de mi investigación y que él podría ayudarme. Pero el hombre permanece en silencio. Entramos en una pausa interminable; es un momento incómodo, de esos en los que uno no encuentra cómo regresar a la conversación. Pienso que hubiera sido mejor decirle que era un niño mantenido, y que me dedicaba a viajar el mundo. Cuando estoy convencido de que ya no hablará más, se vira hacia mí y expresa:

—Mire, esa carta la sacaron de un zafacón. ¿A quién se le puede ocurrir buscar cartas viejas en un zafacón? Parece que el doctor escribió eso con coraje. Y estoy seguro, como que Dios está en el cielo, que alguien que no lo quiere bien se puso a rebuscarle en la basura a ver si encontraba lo que fuera para fastidiarlo. A veces escribimos cosas que no queremos decir de verdad. Como cuando uno le escribe a la amante que se ha ido con otro, que la va a matar si no regresa. Uno lo escribe, pero eso no quiere decir que uno lo haría. El hombre escribió una broma, no era real.

Le comento que sí, que entiendo lo que quiere decir, pero que estamos hablando del doctor y la carta menciona que ha matado a unas personas, no que quería matar a unas personas. El solo responde:

—Todo el mundo tiene derecho a escribir lo que quiera y botarlo después.

Parece no darle importancia al asunto, y yo trato de que comprenda recordándole que es una confesión de asesinatos. Para suavizar un poco, le digo que tal vez el doctor debió quemar la carta. Creo que el comentario no le agrada porque, mientras cruza los brazos y enfoca la vista hacia delante, exclama:

—¡Usted no está convencido de que es una broma; le debe dar bochorno!

Lo observo por un momento y dibujo con la mirada sus rasgos de nariz ancha y cabello ensortijado. Me parece incongruente la defensa y estoy a punto de argumentar, pero el hombre no se vira a mirarme y decido abandonar el tema. Giro mi cuerpo hacia la ventana para darle la espalda al compañero y me dedico a mirar el paisaje. Pienso que es inútil tratar de razonar con fanáticos. Un golpe de verde inunda mis pupilas y me trae recuerdos de las carreras infantiles por los campos de mi pueblo, esquivando los excrementos de los animales, evitando la ortiga, aspirando en el aire el olor a yerba húmeda. Diviso en la lejanía un grupo de hombres poniendo el techo de paja a una pequeña residencia de madera y aprecio de vez en cuando una con techo de zinc. Las casas están espaciadas, muy lejos unas de las otras. Es digno de un cuadro impresionista. Recuerdo el

33

sonido de la lluvia sobre el zinc: primero poco a poco, gota a gota, como toques cortos y tímidos sobre una puerta; luego se acrecientan, cuando la lluvia arrecia, hasta rasgar como ametralladora, y se convierte en un sonido sostenido durante largo rato, mientras dure la fuerza. Cuando se alejan las gotas, regresan los golpe-a-golpe sobre la puerta. Siempre me ha gustado el sonido de la lluvia sobre el zinc. Me trae recuerdos de mis años de niñez. ¡Uno es tan libre en esa época! Sí, porque, aunque temeroso, uno siempre busca la manera para divertirse, aunque sea con lo que nos dijeron nuestros padres que no hiciéramos. Como estos niños cerca del tren que corren descalzos junto a la máquina, compiten por ir a su paso mientras ríen. Yo también corrí junto al tren y viví la fantasía de llegar a ser más rápido que la máquina.

Intento distraer la mente para no juzgar la respuesta inesperada de mi compañero de viaje. Pienso que el hombre al menos debería estar preocupado por la veracidad del evento. No me parece lógico que alguien acepte como una broma el que un médico pueda matar a sus pacientes. Llegamos a Arecibo y decido bajarme a tomar un café para no tener que lidiar con la incomodidad de la situación. Es una estación rústica, sin lujos, de madera. Identifico una pequeña mesa en una esquina y me escondo, otra vez, tras el periódico, mientras escucho entre persona y persona uno que otro comentario sobre el caso:

—Tenía que ser un maldito nacionalista negro el que levantara todo ese revuelo.

—Vamos a perder mucho si se ponen a rebuscar ese chisme.

—¡Esos gringos han venido a imponerse! Miren eso del inglés en las escuelas cuando aquí lo que hablamos es español.

—No protesten, es para que estén mejor educados. Ahora somos americanos —enfatiza mi compañero de asiento.

—Americanos somos todos los que vivimos en las Américas. Los norteamericanos no son mejores que los españoles, llegaron a quedarse con todo.

Poco a poco las voces son cada vez menos y deduzco que partiremos pronto. Me asomo sobre el periódico y observo que la gente camina hacia la puerta del tren. Me apresuro a terminar el café y acelero el paso hacia el puesto de venta. Voy a comprar unas empanadillas de cetí para llevarle a mi familia. A los abuelos les gusta que les lleven frutos o comidas de los diferentes pueblos. En Isabela les compraré queso de hoja.

Al montarme en el tren me percato de que el compañero se acomodó junto a la ventana y está escondido tras otro periódico. No voy a discutir por una ventana. Me acomodo a su lado, cruzo los brazos e intento dormir hasta la próxima estación.

Me quedé dormido y cabeceé todo el camino. ¡Por fin llegamos a Mayagüez! Estoy sumamente cansado. El maestro se bajó en la estación de Aguadilla y me despertó mientras intentaba salir al pasillo. Apenas se despidió de mí tocando el ribete de su sombrero de ala negra y bajando levemente la cabeza, antes de decirme:

—Piense bien lo que va escribir. Al final, sin que esa sea su intención, nos podría hacer mucho daño. Y usted es medio puertorriqueño también.

En la estación me espera el chofer del abuelo. Ya no tengo que escoger dónde voy a pernoctar, lo han decidido por mí. Aparte de que ahora tiene todo el cabello blanco, Juan de Dios no parece haber envejecido un solo día. Tiene las mismas líneas en la frente que se dibujaron a los veinte años y no han progresado desde entonces. El mismo caminar lento, la misma joroba, la misma mirada opaca y triste, la nariz ancha y redonda que anuncia una sonrisa de labios grandes con las comisuras caídas. Me parece verlo como en mis años de niño, cuando me recogía en la escuela y me llevaba al campo a recoger guayabas y a jugar con Carlos, su hijo, en el patio de la casucha de madera con techo de pajas. Era la casita de ellos; Juan de Dios y su esposa Petra, la cocinera de los abuelos, vivían en la finca como arrimados desde que se casaron. El abuelo siempre decía que les dejaría ese terreno algún día. Me pregunto si habrá cumplido su promesa. Esos recuerdos de las tardes junto a Carlos son los mejores. Era el hermano que no tuve. Mi amigo hasta la adolescencia. Cuando nos mudamos a Boston y comencé la universidad, nos escribimos por algún tiempo. Sin embargo, llegó el momento en que restaba poco por compartir; no teníamos intereses comunes, ni siquiera ya hablábamos la misma lengua. Entonces las cartas se fueron espaciando más y en un momento dado ya no esperaba ninguna de él. Imagino que a Carlos le pasó lo mismo. No recuerdo cuándo fue la última vez que le escribí. ¿Quién de los dos escribió la última carta?

Llegamos en pocos minutos. Estoy frente a la vieja casona que reina majestuosa en la calle Méndez Vigo. Cuatro ojos de buey adornan la base de mampostería y observan sin disimulo a todo el que camina frente a ella. Gracias a las historias de mi madre, cuando era niño sentía temor al acercarme. Estaba convencido de que aquellos llamados ojos de buey eran capaces de saber qué había hecho durante el día, cuál era la próxima travesura que me tramaba y cuáles eran mis pensamientos. Ahora, de adulto, el reconocer los ojos como pieza arquitectónica no me quita el temor de que puedan descubrir lo que pienso. Al acercarme a la casa miro desde lejos los cuatro ojos y aparto la mirada rápidamente.

Durante el camino le pregunté al chofer por su esposa y por Carlos. Juan de Dios me contesta con su voz gruesa y pausada, y me informa que mi amigo vive en la capital y trabaja en el Gobierno. Anoto sus datos para contactarlo y los guardo en el pequeño bulto en el que cargo mi equipo de reportero. Esperaba ver a Petra cuando sirviera la cena, pero abuela la trajo con ella a recibirme; se quedó algunos pasos atrás bajo el umbral de la puerta. A mí no me gustan los recibimientos, ni las despedidas. En ambas siempre hay un lagrimeo que me hace sentir incómodo, y hasta cierto punto culpable, porque nunca he podido asociar las lágrimas a algo bueno. Me parece que las lágrimas de alegría son una falacia; hay algún dolor encerrado entre la risa y el júbilo. La mayor parte de las veces pertenecen a la muerte, a lo nefasto, a la tragedia, a todo aquello que deseamos que no ocurra, que cuando está ocurriendo queremos que sea veloz y cuando ha ocurrido deseamos olvidarlo permanentemente. Pero aquí no hay otro remedio, ya están llorando. Tengo que dejarme abrazar y besuquear de la abuela. Tengo que permitir que sus llamadas lágrimas de alegría me mojen los cachetes. Petra me mira y sonríe. Me escapo del amarre de abuela, suelto el bulto, camino hasta la cocinera y cierro los brazos alrededor de ella.

—Santa, llévalo a la habitación de huéspedes —le ordena la abuela a la sirvienta, mientras se vira hacia mí—. Descansa un poco, después te bañas y te vistes elegante para que te reúnas con nosotros en la sala. Nos acompañarán en la cena el doctor Ashford y su esposa, quienes han llegado hasta acá para visitar a los padres de ella, y yo aproveché para invitarlos a cenar con nosotros. Claro, vendrán los padres de ella también.

1924

Una disertación

El sopor del mediodía anuncia la cercanía del verano. 39
En la calle Concordia, del pueblo de Ponce, el infierno se alza
debatiéndose entre el calor del día y las voces indignadas de
protesta contra las ambiciones individuales, que amenazan con
sepultar para siempre el anhelo de ser una isla independiente.

Hoy es 12 de mayo de 1924 y, como todos los días, los letrados llegan a la cafetería de Prudencio a almorzar. En el fondo
del restaurante criollo se escucha en la vitrola al Septeto Soprano:
Qué cosas tiene la vida… díganlo ustedes a ver si no es la verdad. El
hijo de Prudencio, Francisco, escoge la música según sus gustos,
buscando llamar la atención de la secretaria del abogado que tiene
la oficina al cruzar la calle. Mientras más ruidosa, mejor. Luego
se para bajo el marco de la puerta de entrada a esperar a que ella
salga a almorzar y, por obligación, en ese gesto instintivo que nos
lleva a buscar de dónde viene la música, gire para mirarlo. En ese
momento él aprovecha para hacer contacto con ella: inclina la
cabeza y le sonríe levemente. Tras ella siempre sale el licenciado y
cruza la calle hacia el negocio. Llega con el entusiasmo de todos
los lunes a reunirse con sus colegas, a discutir el tema de siempre:
la política del país. La llevan discutiendo por años; primero la de
los españoles y ahora la de los norteamericanos.

*

Prudencio, cuando estaba en sus veinte años, fue partícipe
de la celebración de sus amigos aquel jueves del 1897, cuando

España aprobó la famosa carta que le confería autonomía política y administrativa a la isla. El júbilo fue tal que no pudo cerrar su negocio ese día y se amanecieron celebrando, disertando sobre el nuevo Gobierno. Cuando se oficializó, la celebración fue aún mayor. En el aire de la ilusión se formaron comisiones, grupos de apoyo, cámaras de Gobierno y elecciones para el próximo gobernador; todo, en aquella mesa del mediodía que hermanaba a los letrados por un bien común. Sin embargo, apenas un mes más tarde, Prudencio recibió a sus amigos con una noticia que no fue del agrado de todos.

—Ustedes no lo van a creer, pero me enteré en estos días, por medio de un amigo mío que es miembro del Partido Revolucionario Cubano, que Todd y Henna le pidieron al presidente McKinley que incluya a Puerto Rico en cualquier intervención en la que considere a Cuba.

—¡Canallas! —gritó uno de los abogados—. ¡No tienen madre!

—Son hombres sin respeto propio —comentó otro—. Serían capaces de prostituir a sus propias madres.

De la mesa nació la idea de escribirles una carta, insultarlos por traidores y dejarles saber que cuando pisaran la isla les harían la vida difícil. Por los próximos días se dedicaron a gestionar contactos con el Gobierno y en los comercios para que les negaran lo que necesitaran. Con el tiempo pensaron que aquello no pasaría de ser una mera intervención de palabras y procedieron a olvidar el asunto. Regresaron de nuevo a sus planes de nuevos amaneceres y prosperidad bajo la independencia.

Jamás esperaron que, una mañana de mayo, el buque de guerra U.S.S. Yale se acercara hasta los muros del castillo San Cristóbal y comenzara a bombardear al aire. Inicialmente, a los residentes de la barriada La Perla les pareció curioso que esos barcos se acercaran. Algunos levantaron las manos en señal de saludo y otros dieron la espalda con indiferencia total, ocupados en sus tareas de matar las reses para llevar la carne al mercado, o simplemente aún se estaban terminando el café. Sin embargo, al escuchar las detonaciones, abandonaron todas las tareas y corrieron por el camino empinado, gritando "¡Nos atacan!", buscando refugio dentro de las murallas de la ciudad. Desde el Morro, los soldados españoles miraron la nave con indiferencia y comentaron que eran disparos de aviso. Estaban convencidos de que los ataques jamás derrumbarían aquellos muros. Uno que otro se atrevió a decir una broma; la mayoría permaneció en silencio. Entonces, solamente los muertos de Santa María Magdalena de Pazzis, protegidos por las lápidas, permanecieron indiferentes al ataque.

41

—¡A bombardear! ¿Con qué derecho? Somos un país soberano y pacífico —comentaba uno de los letrados sentados a la mesa en el almuerzo de aquel día.

El grupo discutió por qué se pretendía invadir a su isla sin afrenta alguna, ni siquiera un insulto de caballero. Protestaron, reconociendo que la protesta no serviría para detener el ataque, y que un Gobierno en plena transición no podría responder adecuadamente.

Durante dos días, un total de doce navíos atacaron sin misericordia, pero los invasores no lograban entrar a la isla. Los muros de la vieja ciudad apenas dejaban caer piedras, los muertos permanecían en sus tumbas y los soldados observaban desde lo alto en actitud de espera. Uno que otro cañonazo salía del castillo hacia los buques. Hubo un momento de esperanza, una pausa de victoria. Los soldados pensaron que todo pararía. Los isleños respiraron tranquilamente por unas horas esperando a que los barcos se retiraran. Desde los techos de los edificios de la vieja ciudad la gente pudo observar cuando los norteamericanos, ante la frustración de los altos muros, decidieron, el 25 de junio, bloquear con el U. S. S. Yosemite la salida del puerto de San Juan.

Tan confiados estaban los militares españoles de la defensa de los grandes muros, que no pensaron en las playas del sur, abiertas, calmadas y prestas a recibir cualquier barco. Durante el próximo mes, las aguas del mar Caribe bailaron en su vaivén a otros buques de guerra, doce para ser exactos. Las olas silenciosamente los acercaron al pequeño poblado de Guánica, de apenas veinte casas y cuarenta bohíos. En la madrugaba del 25 de julio, a Robustiano Rivera, el torrero del faro, entre cabeceo y cabeceo, batallando el sueño, le pareció ver una cortina de luz descorrerse para dejar ver un cuadro: barcos inmensos en el horizonte. En el sueño sonrió, pero cuando abrió otra vez los ojos se percató de la realidad. Rápidamente, bajó de la torre y envió un mensajero a avisar al alcalde de Yauco, quien, a su vez, se lo informó al gobernador mientras el yate cañonero Gloucester entraba a evaluar la profundidad de la bahía.

Prudencio y sus amigos estuvieron de duelo al enterarse de que el general Miles había entrado por Guánica con un grupo militar de tres mil trescientos hombres. Sí, por esas aguas del sur en las que chapotearon de niños. Durante varias semanas guardaron la esperanza de que aquella invasión no significara mayor conflicto. Pero, una mañana de septiembre, el gobernador Macías anunció que España había cedido a Puerto Rico a los Estados Unidos; entonces, el grupo de amigos no pudo controlar la ira y la desilusión.

—Debimos haberlo visto venir —afirmó el licenciado Flentia—. Nos embriagamos con celebrar la gloria. En el espíritu de la victoria no hay espacio para la duda; no hay serenidad para el pensamiento crítico que nos deje ver la posibilidad del fracaso.

Después de la invasión dejaron de reunirse. Se sumieron en un duelo del espíritu, una pena que los mantenía distanciados. Pero en esa soledad de la disertación sintieron la necesidad de conversar, de desahogarse, así que, al pasar los días, uno tras uno, regresaron a las reuniones.

*

El grupo se ha ido transformando con el tiempo, unos jóvenes, otros viejos, otros ya han partido, pero la tertulia permanece.

Lo que comen en la cafetería no es importante, y por ley solamente pueden consumir jugos del país, aunque Prudencio siempre les ofrece algún pitorro por el lado. Esta mañana van llegando poco a poco y, como hormigas que se ubican en su lugar en la fila, ocupan sus asientos en la mesa redonda de todos los días, en la que discutirán los asuntos serios de la isla, y jamás, ni siquiera por un desliz, hablarán de los hijos, de la esposa o de las amantes, y mucho menos de los casos que defenderán en la corte.

El joven que recorría los pasillos de Harvard ya es un abogado con oficina en la calle Martina esquina Luna. Apenas hace un año, después de varios meses de haberse casado por lo civil en Juana Díaz, se unió por el rito católico con Laura Emilia Meneses del Carpio en la Catedral Nuestra Señora de la Guadalupe, en Ponce. Un mero formalismo. Desde el momento en que la conoció en aquella fiesta en la casa de un amigo, supo que se casaría con ella; así le comentó a otro amigo. Ha sido un año de matrimonio difícil, en el que han tenido que recurrir a la ayuda de la familia de Laura para lidiar con la estrechez económica. Albizu no genera lo suficiente, pues ha preferido dedicarse a defender personas de escasos recursos. Por eso viven en la calle Atocha, en una residencia humilde con techo de zinc. Sin embargo, toda la desventura del dinero está opacada en estos días con la llegada de su primer hijo, Pedro.

Albizu acude a estos almuerzos en ambiente de camaradería para versar sobre los temas de conflicto político. Hoy llegó con la intención de comentar lo que él entiende que no es correcto, tras los eventos de la pasada semana. Mientras se acerca al local, medita sobre las posibles respuestas. Cuando entra, piensa que la música está muy alta y le pide a Francisco que la baje un poco. Entonces camina hacia la mesa.

—¡Albizu Campos, ven! Siéntate aquí, a mi lado. —La voz de José Antonio Mirabal retumba por todo el espacio y Albizu se acerca a sentarse en el sitio que le ofrece.

—Buenas tardes a todos —saluda, con voz pausada.

—¡Tu ponencia de ayer contra la Alianza estuvo brillante! —le alaba Mirabal—. Fue lo mejor de la asamblea del partido.

—Gracias por tus palabras, pero a mí me parece que yo no debo ser el único que se oponga —diserta Albizu mientras recorre con la mirada a cada uno de los comensales que ocupan la mesa—. Debemos oponernos todos. A Barceló, como presidente del Partido Unión de Puerto Rico, y a Tous Soto, como presidente del Partido Republicano, les debe dar vergüenza el haber permitido que los convencieran con este embeleco de los norteamericanos. Los han enredado con las palabras y se han dejado vender eso de unir ambos partidos bajo el concepto de la Alianza. Eso atrasa nuestras aspiraciones hacia una isla independiente. —El tono de Albizu aumenta y cubre todo el espacio—. ¡Qué disparate demagógico es ese del manifiesto, que habla de "nuestra soberanía dentro de la soberanía"! ¿Cómo se puede ser soberano cuando otro te dicta y opina sobre lo que haces?

—Pero, Albizu, cálmate, mira los beneficios —le alega alguien desde el otro lado de la mesa—. Tendremos créditos agrícolas, fondos para dragar el puerto de Ponce, más caminos… en fin, habrá muchos aportes.

—Sí, claro, te llenan los ojos con un progreso que verás de aquí a cincuenta años y mientras tanto dejas el estatus pendiente para siempre. ¿Y tú crees que eso ayudará al pueblo? Cada vez seremos más dependientes, más esclavos. Por lo que tenemos que luchar es por recuperar la autonomía. Yo soy nacionalista y cuando me uní al Partido de la Unión fue porque era el único que tenía la opción de la independencia.

Prudencio les trae pan y va poniendo los platos de cazuela frente a ellos para que almuercen mientras conversan. Mantiene su opinión en silencio, pero si entrara en la conversación estaría de acuerdo con Albizu: la Alianza es un disparate. Francisco, a quien los asuntos de política no le interesan, les trae los cubiertos y sirve el agua, cuidándose de que no fueran a derramarle la jarra encima en uno de sus acostumbrados movimientos de mano.

—Barceló señala que será una "democracia dentro de la democracia americana" —comenta otro, mientras levanta una cucharada del guiso y la acerca a su boca.

—O sea, que la que tenemos ahora no sirve —refuta Albizu Campos—. Yo les aclaro que esto es una trampa del Gobierno norteamericano para que no se haga más campaña autonomista en Puerto Rico.

—Yo estoy convencido de que es de veras "soberanía dentro de la soberanía" —agrega alguno, quien ha sido el primero en terminar de comer.

—Solamente quieren repartirse puestos políticos. Son unos oportunistas —afirma Albizu, mientras retira el plato a una esquina en señal de no querer más—. ¿Qué quiere decir esa frase? ¿Estado federal o estado libre asociado? Nadie sabe. Es una frase rebuscada, política, sin contenido real. Estoy cansado de estos juegos de partidos. Esta mañana renuncié al partido Unión y ya mismo voy a visitar al licenciado don Ramón Mayoral Barnés.

–¡Te vas unir a la Junta Nacionalista de Ponce! —interrumpe Prudencio, mientras va recogiendo los platos de sobre la mesa—. Eso sería una locura, vas a matar tu carrera de abogado.

Cuando los colegas se percatan de que no podrán convencerlo, se dedican a especular sobre el futuro económico de la isla bajo esta nueva Alianza. En segundos levantan una metrópolis como Nueva York y se alzan rascacielos en Ponce, a los que se llegaría por un metro subterráneo desde San Juan. Al joven Albizu todo ello le resulta un absurdo, fantasías burguesas. Su tolerancia termina antes de que llegue el café. Se levanta del asiento y se despide del grupo deseándoles buen provecho. Mirabal lo imita. Juntos salen hacia la oficina de don Ramón Mayoral Barnés, en la Junta Nacionalista de Ponce, a pocos pasos de allí.

Caminan por la acera en silencio, cada quien sumergido en su propio pensamiento. Albizu reflexiona sobre la ironía de tener que aceptar que, a veintiséis años de la invasión americana, aún no han podido dar por definido el tipo de relación que debería existir entre la isla y la nación norteamericana. En general, la atención se ha desviado hacia las múltiples oportunidades económicas que ofrece este acercamiento. El asunto del estatus se ha dejado para luego, para discutirse en algún momento, cercano o lejano; no hay que precisarlo mientras fluya el dinero. Mirabal interrumpe su pensamiento para informarle que lo presentará oficialmente ante el licenciado Mayoral, aunque Albizu Campos no necesita que lo presenten, pues es harto conocido por la pasión de sus discursos.

Apenas les toma diez minutos llegar. Desde que los ve entrar, la sorpresa del licenciado Mayoral es evidente. Se levanta de la butaca y camina hacia ellos para estrecharles las manos. Mirabal aprovecha el momento para informarle el interés de Albizu.

—Mayoral, Pedro Albizu Campos quiere unirse al Partido Nacionalista.

—¿Cómo? —el licenciado está perplejo. Lo menos que esperaba es que un exmilitar del Ejército norteamericano como Albizu se acercara al partido, a pesar de que conocía de su sentimiento nacionalista.

—Con mucho orgullo me presento ante usted para unirme a esta lucha —le manifiesta Albizu.

—Me honra tu interés de unirte a nuestra lucha. Eres un orador impresionante y tu poder de convocar es conocido entre todos, desde tu época de estudiante en la Escuela Superior de Ponce. Cuando escuché que De Diego abogó por que obtuvieras una beca para ir a estudiar a la Universidad de Ingenieros de Vermont, imaginé que vio en ti a un líder para el futuro. Y eso es lo que necesitamos. Ahora bien… Mira, tú eres un egresado de Harvard, el mundo con todos sus beneficios económicos está ante tus pies. Gente como tú haría diferencia en este partido. Sin embargo, ahora eres un hombre de familia, con un hijo. Debes buscar un futuro de prosperidad económica y esta lucha es muy ardua. Piénsalo mejor —le dice Mayoral, en un tono paternalista.

Con la furia de su padre, Alejandro Albizu y Romero, nacido en Ponce, de padre vasco, componteado, con las manos fracturadas bajo orden de España por ser autonomista, Albizu le contesta a Mayoral:

—Gracias por el consejo. No le temo a la pobreza, en ella me crie. Sé vivir con poco. Mi ideal no es de ahora. Apenas era un niño cuando me convencí de que, para liberar a un país de ser esclavo ante un poder mayor, hay que sacrificarse.

Mayoral comprende que el hombre está decidido y lo acepta como miembro del partido, sin presagiar que seis años más tarde, en otra calurosa tarde de mayo que abrigará el sopor de la noche, Pedro Albizu Campos será elegido presidente del Partido Nacionalista. Durante esa asamblea, las conversaciones de esquina versarán sobre las virtudes del gran orador que acaba de terminar un peregrinaje político, buscando apoyo a la causa por países como Cuba, República Dominicana y Perú, entre otros. De vez en cuando, alguien osará decir lo que muchos piensan: "Fíjate que es mulato y tal vez eso no nos conviene para luchar ante los norteamericanos". Mas todos escucharán aquella voz fuerte y segura que, sin vacilar, llegará desde la tarima ese 11 de mayo de 1930, y reclamará:

—Ya está bueno de esta conducta servicial. El invasor no nos respeta. ¡Hay que actuar; hay que sacrificarse para ser patriota!

47

27 de enero de 1932

Una cena

Dentro de estas paredes protegidas por ojos de buey crecí   49
jugando a carreras, a esconder y hasta a las muñecas. Soy hijo
único con un reguero de primas y, por lo tanto, me correspondía ser la figura masculina de todos los juegos. Cuando ya las
niñas no querían correr, por ser unas señoritas, solamente una
de ellas continuó conmigo las travesuras, desde las carreras hasta treparse a los árboles, o nadar en ropa interior en el río. Esa
es la misma que me escribe una carta cada dos semanas y esta
tarde sé que me espera.

—¡Fonse!

Nunca me falla. Ahí está Victoria, sonriente y feliz de verme. Yo sabía que vendría a recibirme. Viene con ese aire de
adolescente, pero me alegra que sea así.

—¡Ven, primo, tengo tanto que contarte! Mis cartas no resumen ni lo más mínimo.

Me hala por la mano y caminamos hasta el patio central.
Nos sentamos en el banco de cemento que forma parte de la
verja. El aire de la noche transporta el olor de los jazmines y la
caída del agua en la fuente de dos platos frente a nosotros nos
brinda la pared de silencio necesaria para que Victoria me narre
los últimos sucesos de su vida. La pobre es dos años menor
que yo y es considerada la jamona de la familia, la prima que
se quedó para vestir santos. Todas las demás se han casado con
médicos, abogados o comerciantes muy ricos. No todas estaban enamoradas, pero todas sabían el nivel de vida que querían

tener. Victoria ha buscado la forma de deshacerse de todos los pretendientes que ha tenido, porque ellos le han dejado saber que quieren una esposa en la casa, para ocuparse de los asuntos hogareños, para tener un par de niños, claro que le han ofrecido varias sirvientas; pero eso no es lo que ella quiere hacer. La presión de sus padres aumenta con cada rechazo. En una de sus cartas me contó que había terminado la relación con el último pretendiente, y sus progenitores, indignados, le sugirieron que se case con un viejo comerciante del pueblo, amigo de su padre. Ella les juró suicidarse si la obligaban. Se ha dedicado a su carrera de maestra, pero sueña con dejarla para irse a vivir a la ciudad, a San Juan, y convertirse en asistente de algún reportero. No ha podido convencer a sus padres, por eso no me sorprende cuando me cuenta sus intenciones.

—He pensado que ahora que tú estás en San Juan me puedo ir contigo. Diles que necesitas una asistente para que tome notas. Yo te prometo que no te molestaré. Tengo un dinero ahorrado a escondidas que me dará para vivir en lo que consigo empleo.

Yo trato de hacerle ver que sin el apoyo de su padre sería difícil que pudiera mantenerse, que él haría lo imposible para que no la contrataran de maestra. Aparte de que mi madre se pondría furiosa si se me ocurre apoyar a mi prima a escondidas. Ella está decidida, y sin dejarme hablar más me agarra por las solapas de la chaqueta, acerca mi cara a la de ella y me interrumpe.

—Encontraré trabajo. Ya verás que sí. Por favor, sácame de aquí, de esta ciudad tan llena de prejuicios y convencionalismos. Estoy harta de las opiniones y de las chaperonas.

Ante ese gesto solo puedo afirmarle que sigue siendo igual de salvaje que cuando era una niña y, sin comprometerme a nada, al ver pasar al doctor Ashford y su esposa por el pasillo, le agarro las manos y caminamos hacia la sala. Como toda niña traviesa mi prima hace su último comentario, muy cínica, alargando los apellidos.

—Esta es una noche de alcurnia, el doctor Bailey Kelleigh Ashford y su señora, doña María Asunción López Nussa, nos honran con su visita.

Tuve que ordenarle que se callara. No quiero que me antagonice con el doctor. Me interesa hablar con él; tal vez me puede ayudar en esta investigación. Camino hacia el interior de la casa halando a Victoria por una mano. Entramos a la sala y procedo a saludar a los invitados, estrechando la mano de los varones e inclinando la cabeza ante las damas. Conversamos apenas unas palabras cuando abuela nos avisa que debemos pasar al comedor.

La mesa está puesta. Todo está muy formal, como le gusta a mi abuela. Sobre una mantelería de hilo blanco descansa la vajilla francesa de porcelana pintada, las jarras de plata, las copas Baccarat y los cubiertos, también de plata, para diez comensales. La primera vez que me sentaron a esta mesa a comer junto a los mayores, tenía seis años; apenas alcanzaba la mesa para comer por mi cuenta. Mamá me puso a ensayar en casa para asegurarse de que no rompiera un solo plato de la abuela. Ese día, al igual que hoy, Petra se encargaba de que todo saliera a tiempo desde la cocina. De vez en cuando se asomaba para asegurarse de que las asistentes no cometieran algún error.

La conversación durante la cena gira sobre temas del tiempo, de recuerdos, de los años que han transcurrido desde el 1898 en que el doctor Ashford llegó por Guánica a la isla con la entrada de los norteamericanos. Junto a él llegó John, mi padre. Esta historia es la que más hemos escuchado mi prima y yo. Cruzo miradas con ella y sabemos lo que piensa cada uno: van a contar y recontar las mismas historias. Rememoran el día en el que los dos amigos se enamoraron de sendas mayagüezanas, cuando las conocieron en aquel baile en honor al primer matrimonio de otro oficial norteamericano con una puertorriqueña.

Victoria come en silencio. Sé que quiere pasar desapercibida para que no vayan a preguntarle si tiene novio y si piensa

51

casarse algún día. Yo me estoy desesperando. Miro el plato y trato de concentrarme en el diseño; cuento los pequeños lazos color de rosa que están encerrados dentro de la media luna formada por el semicírculo de pequeñas rosas que, como puente colgante, se amarra al borde de oro del plato. La abuela decía que esta vajilla era un regalo de bodas. Me pregunto: para qué ponerle tanto adorno a un utensilio que solo sirve para comer. La primera vez que vi este plato pensé que debía ser para niñas y me resistí a comer en él. Tuvieron que aclararme que hasta el abuelo comería en ellos.

52

Estoy muy consciente de que durante la cena no es el momento apropiado para abordar el tema que me interesa, pero se están tardando demasiado en la mesa. Planifico mejor introducir el tema cuando estemos tomándonos el Oporto. Sé que se mudarán a la sala después de la cena. Como abuela sigue conversando con doña María, decido dar por terminada la cena y llevarlos a la sala. Les digo que el Oporto se va a servir allá. Aquí les importa muy poco la prohibición; siempre consiguen licor por contrabando. Además, para mis abuelos el vino dulce no es licor; es una costumbre de sus raíces. El abuelo se levanta y retira la silla de abuela para que levante mientras yo pregunto cuántos quieren tomar Oporto.

—Gracias, pero yo no tomaré, Alphonse —me aclara Ashford, mientras se levanta de la silla y hala la de su esposa—. Mi salud está muy delicada y no debo ingerir alcohol.

—Alphonse, ¿cómo va tu reportaje? —pregunta el abuelo al sentarse en la butaca principal.

No sé si lo hizo con intención, pero me alegra que llevara la conversación hacia donde quiero. Le contesto que apenas estoy comenzando y que me encuentro leyendo los periódicos locales. Les dejo saber a todos que voy a hacer mi propia investigación y, para ello, voy a entrevistar a la gente clave. Levanto la vista y observo la mirada insistente de mi prima: pasea los ojos entre mi tío y yo, y viceversa. Entonces aprovecho el momento para hablarle al tío Luis de mi interés en llevarme a Victoria para la capital con la excusa de que necesito una persona que tome las notas y me ayude a entrevistar. Me alegra que el hermano de mi madre no sea tan suspicaz como ella. Mamá no hubiera caído en este cuento, pero el tío mordió la carnada.

—Bueno, contigo la dejo ir, pero luego te aclaro algunos puntos —me contestó.

Voy a abordar a Ashford sin titubeos porque tengo miedo de que, si se extiende mucho la cena, se termina la velada y no llego a preguntarle sobre el tema. Decido cuestionarle primero si conoce a Rhoads y si cree la noticia. Ashford levanta la vista y me mira detenidamente. Tiene una mirada que es un mar de serenidad y con esa misma calma me contesta.

—Alphonse, no conozco al doctor Rhoads. Sé que forma parte de un grupo enviado por lo que hoy día se conoce como la Fundación Rockefeller y que ya en el 1908 había comenzado a ayudar en las investigaciones en Porto Rico, cuando formaron la Comisión Sanitaria Rockefeller. Esa fue la época en que nosotros descubrimos que el anquilostoma era responsable por la anemia de los jíbaros; fue mi primera investigación en la isla. He escuchado que la intención de este grupo de médicos excelentes es investigar otras causas de anemia y lograr una obra filantrópica importante.

—Sí, pero usted, ¿cree lo que dice la carta? —vuelvo a preguntarle.

—Creerlo… creerlo… No sé. Yo leí la carta en el semanario *Florete* y lo que escribió es completamente insensato. Pero si los hechos fueran reales, que no te digo que lo sean, no sería el primero. A finales del siglo pasado, en el 98, el doctor Neisser, el que descubrió el patógeno de la gonorrea, le inyectó suero infectado con sífilis a una serie de prostitutas sin que ellas lo supieran. El hombre había desarrollado una obsesión con la enfermedad y quería ser el descubridor de la cura a como diera lugar. Para lograrlo necesitaba muchos pacientes para experimentar.

53

Eventualmente lo censuraron, y motivados por ese suceso tan terrible se levantaron las Normas Prusianas en el 1900.

—Las normas… —repite Victoria.

—Las Normas Prusianas —completa Ashford—. Son reglas que brindan los parámetros para controlar la investigación con humanos. Estas establecen que se debe hacer estudios en animales, previo a hacerlos en pacientes, y que cuando se vayan a hacer en el humano, este tiene que estar de acuerdo y debe conocer los riesgos

—Y Walter… —murmura la esposa del doctor en voz apenas audible.

—Esa es otra historia muy triste, sí. En el 1900 el doctor Reed, un militar norteamericano destacado en Cuba, utilizó a veintidós trabajadores inmigrantes españoles para probar que la fiebre amarilla se contrae a través de picaduras de mosquito. Han sido muchos los que han cometido barbaries. Uno se pregunta: ¿qué tipo de pensamiento los lleva a esa conducta? Yo no sé. Nunca he tratado de analizarlos. Así también tienes en el 1906 a Strong, de la Universidad de Harvard. Ese infectó con el cólera a presos en Filipinas para estudiar la enfermedad. Murieron trece de ellos.

Todas las historias me parecen aberrantes y le comento al doctor que tal parece que la invasión norteamericana les hubiera entregado el derecho de experimentar con los seres de los lugares invadidos. Ashford no vacila un segundo en responder:

—Tú piensas que los vieron como inferiores. Tal vez, pero de eso no voy a opinar. El más horrendo e inhumano, que le desgarra el corazón a cualquiera, fue el caso del doctor Noguchi.

—¿Cuán peor pudo ser? —pregunta Victoria.

—Pues este colega trabajaba con el Instituto de Investigación Médica Rockefeller. Su investigación principal era sobre la sífilis, algo de lo que conocíamos poco. Pues… se alega que inoculó con el bacilo de la sífilis a varios pacientes, muchos de los cuales eran niños huérfanos.

54

El tono calmado de Ashford mientras cuenta todo esto me irrita y le comento que el grupo que está en Puerto Rico también viene de los Rockefeller. No me sorprende que el silencio invada la sala y lo único que se escuche sea el canto de los coquíes. El doctor concentra la mirada sobre la pequeña mesa de centro. Me parece que busca perderse en el pensamiento para no tener que regresar a la realidad de esta conversación. Es difícil aceptar que existan investigadores como aquellos, dispuestos a violar el juramento hipocrático con tal de probar sus teorías. Es difícil pensar que ante esos seres un paciente no es muy diferente a un ratón de laboratorio, o a un insecto. Cuando levanta la vista se encuentra con mi mirada y las imperceptibles lágrimas de Victoria.

—El sacrificio de muchos por el bien de todos —manifiesta el abuelo, mientras la sirvienta pasa la bandeja de copitas de Oporto a los invitados—. El mundo se pierde en una vorágine de búsqueda por saciar el hambre de encontrar la respuesta a todas las preguntas. ¿Vale la pena?

1925

Un esputo

Sangre: el único humor que tememos perder, pues una vez la vemos fuera de nuestro cuerpo, de ese sistema que lo encierra para que circule por nuestras venas y arterias, nos aterra. En esta fría mañana de su año como interno, apenas graduado de la Escuela de Medicina de Harvard, Cornelius no espera tener que detener el proceso de su entrenamiento para cambiar de rol. Vive su papel de interno con todo el orgullo de ser llamado "doctor". Esa palabra le brinda un sentimiento de poder, de inmunidad ante todos los males, ante todas las miserias, inalcanzable, impenetrable, protegido por la coraza del conocimiento del porqué y cuándo ocurren los males, y cómo y por dónde se pueden sanar.

Han transcurrido unos días extremadamente fríos, de esos que adormecen las manos hasta hacerlas ausentes y lastiman la nariz y las orejas. Las guardias del internado han drenado el cuerpo joven y magro del recién galeno. Sin embargo, siempre ha sido delgado; por ello no le presta atención a las diez libras que perdió en las últimas semanas, ni al calor y la sudoración que lo arropa todas las tardes. Se levanta con premura al sonar el despertador a las cinco de la mañana. Cuando va a enjuagarse la boca, luego de cepillarse los dientes, comienza a toser. Escupe. Mira el fondo del lavabo y se retira un poco. Tose de nuevo, esta vez con más fuerza. Escupe otra vez. Entonces se detiene a mirar con detalle lo expectorado y lucha contra la realidad que se le presenta. Ese esputo espeso, con unas líneas mostaza y bordes

57

de saliva espumosa cubierto de abundante sangre, es suyo. Lo que ve no es lo único que le perturba. Dentro de esa imagen hay algo más que secreciones humanas; no es cuestión de flema y sangre. Es un asunto de días vividos, de días restantes, de incertidumbre ante el futuro, de pura y franca vulnerabilidad que destroza la coraza que había levantado. Lejos de filosofar sobre la existencia humana, el ser o no ser, el estar o pensar que se está, entre la realidad y los espejismos, ese esputo con sangre es una bofeteada de vuelta a la realidad sobre la precariedad de la vida.

58

Unos meses atrás Cornelius había tratado a un paciente con tuberculosis. El señor era un minero, padre de unas gemelas de escasos seis años. Lo refirieron al hospital con tos y decaimiento general. Al inicio pensaron que los síntomas se debían a que su trabajo de minero le había deteriorado los pulmones. Tanto respirar carbón dentro de las minas tenía que enfermarlo eventualmente. Sin embargo, dos semanas más tarde se percataron de que era tuberculosis y no hubo tiempo para enviarlo a un sanatorio. El hombre fallece durante un ataque de tos, ahogado con su sangre, tejidos y secreciones. Cornelius está allí cuando ocurre. Quiso sentar al paciente para darle un medicamento. Lo cubre por la espalda con el brazo derecho y le ofrece la mano izquierda para que se agarre mientras lo incorpora. Cuando el paciente intenta sentarse comienza a toser con fuerza y lanza, como un proyectil hacia la bata del joven galeno una expectoración consistente en un tejido sanguinolento y abundante. Instintivamente, Cornelius lo suelta y procede a sacudirse el esputo con las manos y a limpiar sus dedos en el cuerpo de la bata. Se retira a la ventana horrorizado ante la imagen cruenta del paciente muriéndose entre tos y arqueadas de sangre, ahogándose desesperado, consciente de que parte sin aviso, sin saber hacia dónde, sin haber tenido un instante para despedirse. Ese día, Cornelius teme haberse infectado, pero al analizar su situación se convence de que no es posible. Un joven de una familia rica, bien alimentado, no debe infectarse. Eso es asunto para los pobres, para los negros.

Sin embargo, ni su posición económica, ni su preparación académica, ni la salud previa, lo han librado de la enfermedad. Así lo tiene que reconocer esta mañana y se dirige hacia el hospital, para informar a sus superiores. El doctor que lo supervisa no puede comprender cómo es posible que se hubiera contagiado. Lo somete a una infinidad de preguntas: ¿Cómo cree usted que se contagió? ¿Sabía usted que el paciente tenía tuberculosis? ¿Entró a la habitación sin protegerse? Y a todas ellas, Dusty, como lo llaman sus amigos, contesta sin parpadear. El jefe lo envía a ponerse una mascarilla y a esperar en la oficina del director médico, en lo que el asunto se discute en una reunión convocada de emergencia con la facultad del Departamento de Cirugía del Hospital Peter Bent Brigham.

Cornelius espera como un niño castigado parado frente a una ventana de la oficina, observando a los otros médicos en entrenamiento caminar libremente por el patio, ya sea porque terminan el día o porque están prestos a comenzarlo. En su mente hay múltiples pensamientos, todos atropellados. Al cabo de dos horas regresa el director para notificarle que el caucus acordó asumir el costo de su tratamiento y recluirlo en el sanatorio Trudeau, en el Lago Saranac de Nueva York. Disponen que salga de inmediato. Cornelius siente que su vida se detiene. Es una marioneta bajo el control de un amo que, en su caso, es una enfermedad. Se tiene que mover para donde ella quiera.

El sanatorio Trudeau es el mejor centro para el tratamiento. A Cornelius el camino hacia el sanatorio le parece eterno. Poco antes de salir envió un telegrama a sus padres informándoles la situación. En cuando abandona la ciudad y pierde de vista los edificios de paredes firmes y seguras, se siente perdido. Se siente como venado asustadizo entre aquel mundo de vegetación que separa a la ciudad del sanatorio. Lleva la preocupación con él; teme que su final sea como el de aquel paciente, un simple mortal que muere tosiendo hasta cubrirse de esputo y sangre. Cuando divisa el portón de entrada al lugar, los ojos intentan inútilmente esconder la fina capa acuosa que le nubla la vista al sentirse invadido por una sensación de fragilidad, de impotencia. Está indefenso ante una enfermedad que tiene una cura inexplicable; no la pueden extirpar y solamente el aire fresco de la naturaleza y los rayos del sol podrán terminarla.

El recibimiento a la entrada le resulta insoportable. Todo aquel personal con batas blancas le parece una exageración. Lucha por tolerar la orientación de ingreso y se aísla en sus pensamientos cuando comienzan a darle detalles del lugar que abarca sesenta y tres acres, y lo fundó un tal doctor Livingston, en 1884. Al principio, le parece una mentira patética la historia de que el doctor hubiera sido un paciente curado de la enfermedad y que por ello estableció ese centro, siguiendo la terapia recomendada por un galeno de Prusia, quien recomendaba irse a descansar al aire frío de las montañas. Tampoco le parece creíble a Cornelius la información de que todo el personal ha padecido de la enfermedad y están curados. Se convence de que es una historia para crear simpatía. Desde el comienzo se cuestiona que, si es así, ¿por qué se protegen con mascarillas? Sin embargo, tras seguir escuchando la actitud le cambia; se siente esperanzado. Si otros están vivos, por qué él no habría de correr la misma suerte.

Una enfermera se acerca y le entrega un panfleto: *El manual de reglas e información al paciente*. Eso da por terminada la orientación y los doctores se despiden de él deseándole una pronta recuperación. En lo que parece un breve instante se siente inmensamente solo, y mira a la enfermera esperando otras instrucciones.

Uno de los asistentes llega a la oficina a recogerlo y lo lleva a la pequeña cabaña en la que va vivir. Es de madera y tiene un balcón. Adentro hay un camastro contra la pared, un baño y un pequeño escritorio. Cornelius se sienta sobre el camastro y abre el manual. Lee con detenimiento las instrucciones.

Durante la primera semana no debe hacer ningún ejercicio, debe regresar de los recesos de alimento siempre a horas específicas, no puede tener otras visitas que no sea familia y no puede relacionarse con los albergues cercanos. Una frase se le impregna en la mente:

"Recuerde siempre que el mayor peso de su mejoría descansa principalmente en usted. En la medida en que usted siga las recomendaciones del tratamiento, en esa misma proporción serán sus beneficios".

Después de leerlo decide crear su propio programa, y anota en una libreta:

61

7:30 a. m.: Levantarme y asearme con esponja de agua fría el torso y la cara. Cepillarme los dientes

8:00 – 8:30 a. m.: Desayuno

8:30 – 9:00 a. m.: Ir a la habitación

9:00 a. m.: Salida al patio

1:00 – 1:30 p. m.: Almuerzo

1:30 – 3:30 p. m.: Leer y dormir una siesta corta

3:30 – 5:00 p. m.: Visitas (si son féminas solamente en el balcón)

5:00 – 6:00 p. m.: Asearme con esponja de agua fría de la cintura para abajo (dos veces a la semana me podré dar un baño completo con agua tibia)

6:00 – 6:30 p. m.: Cena

6:30 – 7:00 p. m.: Tiempo para fumar

7:30 p. m.: Hay que estar adentro

9:00 p. m.: Acostarme

NO DEBO HABLAR DE ENFERMEDADES,
ESTÁ PROHIBIDO.

Hace esa última anotación por temor a olvidarlo. Un médico en entrenamiento siempre está hablando de enfermedades y entre tanto enfermo desconocido se pregunta de qué otra cosa podrá conversar. Por algo tan necio lo podrían sacar de allí. Toda la agenda se organizó al estilo militar. Lo que más le agrada de su agenda es que tiene que estar expuesto al aire libre de siete a diez horas diarias, y que dentro de ese tiempo disfrutará de baños de sol. Puede vivir la fantasía de estar de pasadía durante esas horas y, tal vez, sumirse en el recuerdo de las salidas a pescar en el lago junto a su padre.

Les presta mucha atención a los detalles de su monitoreo médico, en el que se le informa que durante la primera semana le tomarán la temperatura tres veces al día, pero luego lo harán dos veces al mes. Le aclaran que deberá permanecer sumamente quieto, sentado en una silla por media hora, antes de que le tomen la temperatura, para evitar que le suba el pulso y por consiguiente la temperatura. Cada dos sábados se reportará a la clínica de ejercicio con su registro diario. De la información que reporte dependerán los ejercicios asignados. Tiene que llevar récord de todo movimiento. Ya se ve por todos lados con una libretita. Estar parado es ejercicio, levantarse de una silla es ejercicio, caminar es el ejercicio ideal. Deberá hacerlo por las aceras. Las instrucciones abarcan todos los aspectos. Le instruyen a comprar gazas para hacer pañuelos, en la oficina postal del conglomerado del sanatorio. Con ellas se tapará la boca al toser. También deberá comprar vasitos de papel en el salón de medicamentos, o ir a recepción los lunes a buscar filtros para el armazón de una taza, de forma que pueda recoger su esputo. Al final del día llenará los envases con aserrín, los envolverá con papel y los amarrará bien fuerte, al igual que hará con las gazas usadas; luego, los depositará en los recipientes asignados, de donde finalmente serán recolectados para ser quemados. Deberá limpiar el armazón todos los días con un desinfectante que le darán.

El manual también incluye información de su cuenta y Cornelius también la anota en la libreta:

Día 1 de cada mes – fecha de pago
Equipo eléctrico – $2.50 mensual extra
Mudanza de casita – $5.00
Uso de la unidad de cuidado con enfermería – $7.50 mensual extra

Le esperan doce meses insufribles. Cornelius se siente como un preso, condenado por un crimen que no cometió. Un encierro que lo inutiliza. El lugar le recuerda las historias de los valles de leprosos. Mientras vive allí observa a los otros pacientes y se pregunta si sería posible identificar a aquellos que están contaminados, antes de que escupan sangre. De esa forma se podrían aislar antes de que contaminen a más nadie.

En las tardes en que camina por los jardines, o se sienta solo en el balcón, recuerda a su familia y añora los cuidados que recibía de niño cuando sufría fiebres virales. Lo más que extraña es a su familia. En especial a su madre, quien compensa con abrazos y besos la frialdad de su padre. Los hombres de verdad no andan abrazando y besando, eso es cosa de maricones, dice su padre. Ha tenido tiempo para reflexionar que tal vez su madre tiene razón, y es hora de pensar en serio sobre su futuro personal, así que decide escribirle a aquella chica que trabaja como enfermera en el hospital, y a quien, a pesar de interesarle, nunca le ha dicho nada. Recuerda que se llama Natalie, porque escuchó a una compañera llamarla. Para él es *Miss* Pierce. Piensa que si le escribe por lo menos una vez al mes tendrá más oportunidad de que, cuando regrese al entrenamiento, ella le acepte una invitación a salir, a cenar, a pasear por el parque o por lo menos a ver una película. Piensa que quiere casarse, tener una familia.

*

Un año más tarde abandona el sanatorio. Ya no escupe flema sanguinolenta y la placa de pecho está clara para lesiones activas. La primera mañana, de vuelta a su entrenamiento, alcanza a ver a Natalie en la distancia administrando medicamentos. Apenas le escribió seis cartas, pero ella las había contestado. De camino hacia ella escucha cuando una colega se le acerca y le pregunta:

—¿Cómo estuvo la boda, Natalie?

—¡Preciosa! Debiste haber ido —le contesta a la amiga mientras levanta la mirada y se encuentra a Cornelius de frente.

—Con el permiso, ¿podría verificar los vitales del paciente de la cama tres —le ordena Cornelius, esquivando la mirada, como si nunca se hubiera comunicado con ella.

—Sí, Cornelius —responde la enfermera.

—Doctor Rhoads —la corrige, mientras sigue de largo.

Aquellos ojos marrones se le incrustarán en la memoria y regresarán muchas veces a perturbarlo. Pasarían muchos meses antes de que él se percatara de su confusión y, para entonces, Natalie estaría comprometida con un abogado. En muchas ocasiones se arrepentirá de haber llegado a conclusiones sin preguntar los detalles. Le servirá de consuelo pensar que si estuviera en una relación de novios no podría dedicarle tiempo a descifrar cómo se podría detectar la tuberculosis antes de que existan síntomas obvios.

El asunto se convierte en un tema recurrente entre colegas, amigos y familiares. En el hospital todos saben de sus meses en el sanatorio y comprenden su preocupación. Al entrar en la rotación de pulmonar se le acerca un compañero de entrenamiento y le comenta que el doctor Fred W. Stewart, miembro de la facultad, está investigando el tema que a él lo obsesiona. Cornelius no pierde tiempo en contactar al doctor Stewart. Esa misma tarde identifica la oficina de Stewart y va a verlo. El investigador lo recibe con recelo; piensa: "Este no es el primero que viene con mucho ánimo y luego no puede venir el sábado porque va a salir con la novia, o el domingo porque tiene almuerzo en la casa de los padres, o el viernes porque el grupo de residentes se reúnen a compartir". Casi está por decirle que no le interesa un asistente, cuando Cornelius comienza a narrarle su enfermedad y los meses de vida en el sanatorio. Stewart se convence de que el interés es genuino y lo recibe como coinvestigador sobre la prueba de tuberculina. Será el comienzo de una larga amistad, que le ofrece a Cornelius un espacio abierto para decir lo que piensa, lo que siente… una actitud que marcará su vida para siempre.

Una tarde, mientras trabajan en la investigación, aflora el tema del episodio que llevó a Cornelius al sanatorio.

—El puerco ese me escupió encima cuando fui a sentarlo. Por su culpa perdí un año de entrenamiento. Me alegro de que se haya muerto. Total… tenía una vida tan insignificante, ¡de minero!

—¡Dusty, por favor! Era un paciente, un pobre hombre con tuberculosis —le increpa Fred.

—¿Y eso qué tiene que ver?, seguía siendo insignificante. Tú eres tan ridículo…, siempre sientes tanta pena por todo el mundo. Con las únicas que me da pena es con las niñas que quedaron huérfanas, pero con el padre no me da ninguna.

Fred no le contesta. Ha aprendido a aceptar a su amigo tal y como es. Reconoce que es un hombre brillante y ambicioso, pero con un ego que puede ser ofensivo.

1930

Un centro de investigación

Al terminar su preparación, Cornelius consiguió un trabajo en el Instituto Rockefeller, en Boston. Esta agencia tiene varias investigaciones relacionadas con sangre y cáncer. De todos los tejidos que ha estudiado debajo del lente del microscopio ninguno lo impresiona tanto como la sangre. Es un mar rojo por el que navegan flotas de glóbulos rojos, blancos, plaquetas, y, de vez en cuando, aquellas células malignas capaces de crecer e invadir, con la intención de destruir el cuerpo humano. Es un ejército enemigo que pretende adueñarse del cuerpo buscando la conquista de nuevos continentes. Cada cáncer tiene su propia vida, su propio paso. Es una incógnita el porqué.

Durante un simposio celebrado en un hotel de Boston, Cornelius coincide con Fred. Hacía meses que no se encontraban, pues cada uno estaba centrado en sus proyectos individuales. Se abrazan como lo harían dos hermanos y luego caminan a sentarse en sendas butacas ubicadas en el recibidor. La conversación fluye fácilmente. Comparten detalles de sus respectivas investigaciones y comentarios sobre la vida familiar. En un instante de pausa, Cornelius alcanza a ver en una esquina a otro colega fumando, y le comenta a Fred sobre las observaciones que han hecho los alemanes en cuanto a la relación que guarda fumar con el cáncer de pulmón. Fred sonríe, hace una mueca de disgusto ante el comentario, saca su cajetilla y prende un cigarrillo sin ofrecerle a Cornelius. Tras un momento de silencio, Cornelius decide compartir con Fred sus pensamientos recientes.

Lleva seis meses trabajando en el Instituto Rockefeller y ha tenido la oportunidad de conocer al doctor Peyton Rous.

—Fred, imagino que sabes quién es Rous.

—Claro, Dusty. ¿Quién no?

—Tuve la oportunidad de hablar con él —le informa mientras se le acerca para que nadie más lo escuche.

—¿A ti te interesa repetir ese experimento? No te veo a ti agarrando aves. Van y te cagan las manos. ¡Ja! —Fred para de reírse, se acomoda en la butaca y frunce el ceño al percatarse del semblante serio de Cornelius.

68

—Ese no, no me interesa repetir eso, pero me pregunto qué ocurriría con gente —susurra en voz baja acercándose a Fred.

—¡Ni lo pienses! —exclama Fred—, sabes que ya existen las Normas de Prusia.

—Olvídate de eso, normas ni normas, así no puede avanzar la ciencia. Lo importante para controlar un cáncer sería saber cómo comienza y cómo se propaga; imagínate que se pudiera conocer eso. Y qué mejor manera que sembrándolo uno mismo. Para ese tipo de estudio podríamos utilizar seres inferiores: negros, indios, prostitutas, presos, gente de otros sitios... Sería el estudio ideal para poder ver si empieza lento o rápido, si se queda donde lo inoculaste o aparece en otro sitio, y cuándo acelera el crecimiento. Además, estoy seguro de que el Gobierno aportaría fondos para esa investigación porque sería un arma de guerra maravillosa.

—¡Dusty! Suena interesante, en teoría, pero es que... No, no, ¡cállate! ¡Ni lo pensemos!

Cornelius no retoma el tema ante la mirada de disgusto de Fred. Sin embargo, no puede retirar de su mente la semilla que se le ha sembrado. Mientras comparten en el recibidor, pretende conversar sobre chicas y salidas, pero da vueltas en su cabeza a la nueva idea. Decide entonces que, cuando regrese al trabajo, caminará directo a la oficina del doctor Rous. Siente una ansiedad que lo empuja. La misma que lo llevará a visitar al galeno.

Una semana más tarde llega a la oficina de Rous, le da dos golpes suaves a la puerta y entra sin anunciarse. Se acerca al galeno, y sin mucha introducción le dice "tengo una idea". Peyton no detiene lo que está revisando. No es la primera vez que un doctorcito joven le dice que tiene una idea, y en la mayor parte de los casos no son ideas nuevas, sino asuntos conocidos que el joven galeno aún no ha leído. Creen haber descubierto algo ya revisado ampliamente por otros. En general, Peyton estima que son unos médicos engreídos que se sienten grandes genios, por eso su respuesta hacia Cornelius es una mirada escéptica. Ni siquiera le pregunta cuál es la idea. Pero Cornelius no espera a que él le pregunte y comienza a contarle sus pensamientos sobre el cáncer. Cuando termina, Peyton, quien ya antes ha meditado sobre lo mismo, levanta la vista de las notas y concentra su agudeza visual en aquellos ojos fríos, intensos, expuestos sin un solo parpadeo. Piensa, calla y regresa a leer sus notas. Rous sabe que no debe opinar, por más que le entusiasme la idea. Cornelius Packard Rhoads está confundido con ese silencio, así que se aleja del doctor y permanece parado junto al escritorio, como esperando una orden, una censura, lo que sea. En ese momento se siente como un niño en la oficina del director escolar, esperando un regaño por haber empujado un compañero en el patio o no haber entregado la asignación. Cuando se recobra de la situación se retira sin despedirse.

*

Al otro lado del Atlántico, muy lejos de Cornelius, el desfile de pacientes anémicos, extremadamente pálidos y con los cuerpos desgastados, inunda los pasillos de la Escuela de Medicina Tropical de la Universidad de Porto Rico. Son seres incapaces de tolerar un día de trabajo en el campo, talando, sembrando o recogiendo frutos. El doctor George Calvin Payne, asesor del Comisionado de Sanidad en Porto Rico, y representante de la Fundación Rockefeller en la isla, los observa desde su oficina.

Una cosa es ver un paciente anémico y otra es ver una multitud. Se acerca a examinar a algunos. Los pómulos hundidos, la mucosa pálida y la queja de cansancio lo motivan a escribir un reporte al director de la división internacional de la fundación, comentándole sobre ellos. En la misma carta aprovecha y le señala que existe desde principios de siglo una Comisión de Anemia dirigida por el doctor Ashford y su colega, el doctor Isaac González Martínez. Payne exagera el asunto, con el aval del comisionado Fernós Isern. Quiere proyectar la situación para conseguir ayuda.

Payne ya había perdido las esperanzas de que le contestaran la misiva, cuando recibe una carta en respuesta. No le ofrecen soluciones, pero al menos es un contacto. Su jefe le anima a escribirle al doctor William Bosworth Castle, un destacado profesor asignado al laboratorio Thorndike Memorial, bajo la división de Harvard en el Boston City Hospital. Durante la Navidad de 1930, mientras la gente se concentraba en intercambiar cartas, postales y regalos, Payne y Castle mantuvieron correspondencia con la meta de conseguir los permisos y el financiamiento para poder llevar a cabo el estudio para ayudar a los pacientes. Durante lo que resta del invierno y la primavera se configura la formación de la Comisión de Anemia de la Fundación Rockefeller y se decide el tipo de trabajo que hará. Ese verano se notifica quiénes formarán la delegación: el doctor Castle, designado líder del grupo, el doctor Cornelius Packard Rhoads, el doctor H.A Lawson, el señor Emil Bohnel y el señor Louis Zetzel. La intención: investigar la anemia no relacionada a los parásitos.

Cada uno de los miembros de la comisión se esfuerza en poner al día su trabajo para no dejar asuntos pendientes antes de partir hacia Porto Rico. En esas está Rhoads la mañana en que Rous entra al laboratorio con una caja en las manos. Cornelius está archivando expedientes cuando lo ve entrar. Piensa que trae alguna muestra para que la procesen y se confunde ante la conversación trivial que gira sobre el día, el verano en el Caribe y lo maravilloso que, según Rous, será esa experiencia de investigar la anemia en esa raza de nativos que habitan en una isla. Cornelius asiente más de lo que conversa pues está pendiente de la caja. Sin embargo, el viejo galeno no se la entrega, sino que casualmente la coloca sobre la mesa de trabajo y gira para despedirse.

—Ahí te dejo un material para que puedas investigar más. La libreta cocida azul gris, que abre de izquierda a derecha, es para que me traigas las anotaciones.

10 de agosto de 1931

Las tías

El empleado que viene a entregar los comestibles a la residencia de las hermanas Baldoni camina por la angosta vereda
que conecta a la parte trasera de la casa y golpea la puerta de
entrada del servicio. Dentro de la casa escucha a doña Genoveva
recibiendo a la señora Ernestina, la que momentos antes vio subir
los escalones laterales del balcón. Ella puede entrar por la puerta
del frente. Después de un rato, demasiado largo para el peso de
la compra que Julio sostiene, Casta Dolores abre la puerta y lo
invita a entrar hasta la cocina para que coloque la bolsa sobre la
mesa mientras ella sale hacia el salón de costura a informarles a
sus hermanas, Ysabel y Ángela la llegada de la señora.

—Doña Ernestina está en la sala con Genoveva —le informa Lola a sus hermanas con aquel tono pausado y casi inaudible
que caracteriza el hablar de todas ellas—. Conversen con ella en
lo que yo atiendo al joven de la compra.

—Seguro que viene a ver a Juanita, ya vamos —responde
Ysabel mientras camina hacia la sala.

Lola regresa a la cocina. Observa a Julio sacar la compra y le
ordena a la muchacha que la ayuda a que la guarde. La chica le
hace un guiño al joven mulato y procede a guardar los comestibles. Julio, entre susurros, le coquetea:

—Te veo en la plaza.

—¡Qué es eso de tanto cuchicheo! —exclama Lola molesta—. ¡Virgen, compórtate! Tú eres una señorita. ¡Vete, Julio!
—le ordena al mulato.

Lola pone el bacalao en agua antes de ir a la sala. Cuando llega se encuentra a Genoveva, Ysabel y Ángela tratando de consolar a la señora Ernestina, quien llora desconsoladamente.

—No llore, Ernestina —le ruega Genoveva mientras mira a Lola buscando apoyo—, hay otros médiums en el pueblo. Alguno la puede ayudar.

—Lamento que usted no se haya enterado de la muerte de Juanita —añade Lola—. Ya han transcurrido seis años.

—Llevo diez viviendo en España, pero regresé a Utuado porque me siento muy enferma —indica Ernestina entre gemidos—. Vine a ver a Juanita para que me ayudara y miren ustedes de lo que me entero, ¡qué pena!

—Si estuviera viva, estoy segura de que la habría ayudado —afirma Ángela—. Mi hermana era la mejor médium medicinante, posiblemente de toda la isla.

—Venía mucha gente importante de San Juan a consultarla —comenta Ysabel—. ¿Recuerdan cuando vinieron a preguntarle si Luis Muñoz Rivera sobreviviría una operación que iban a hacerle?

—Sí, claro que nos acordamos —responde Lola, acomodándose en uno de los sillones de pajilla de la sala—. Los miró por un rato y les contestó: "No, su tiempo ha llegado". Mi hermana tenía un don especial. Quisiera ayudarla, pero yo no tengo un don tan fuerte. Ahora estoy dedicando mucho tiempo a escribir.

—Eso me comentó una amiga. Lola, me dicen que has escrito una novela —interroga Ernestina mientras saca un pañuelo de su bolso.

—Sí, se titula *María Mercedes*. He escrito otros artículos sobre diversos temas, el derecho al voto de la mujer, en contra de la pena de muerte… Y de vez en cuando escribo poesía.

—Las ventajas de no tener un marido que te mande —puntualiza Ernestina entre risas.

Lola sonríe levemente sin poder evitar el recuerdo de aquel hombre a quien amó. Le cuesta trabajo comprender a las mujeres que se quejan de las imposiciones de los hombres, pero se casan de todas formas y toleran una vida de mandatos y hasta golpes. A Lola y sus hermanas no las criaron para eso; las educaron y les dieron libertad para pensar por ellas mismas. El único momento en que su padre impuso su autoridad fue cuando le prohibió a Juana seguir el cortejo del hijo del hacendado. Y hasta Juana lo comprendió. Ella y su familia se negaron a relacionarse con un hacendado salvaje, responsable de la muerte de un esclavo por azotes. Todas decidieron que el matrimonio no era para ellas.

—¿Quiere tomarse un café, Ernestina? —pregunta Lola.

—No, gracias. Voy a ver si encuentro otro espiritista que me ayude —. Ernestina se para y camina hacia la puerta.

—Pobrecita —añade Lola, observando desde el balcón a Ernestina, mientras esta camina hacia el centro del pueblo—. Juanita la hubiera ayudado. ¡Vamos! —ordena—. Debemos terminar el bordado de las sabanillas para el hospital y hay que hacerle la maleta a Luisito.

Las cuatro hermanas se retiran del balcón hacia la sala en donde, entre conversación y conversación, cada una reanuda el bordado sobre la fina tela de estopilla: diminutas flores amarillas y pájaros azul turquesa con picos rojos.

—Lola, ¿Tendremos que mudarnos? —cuestiona Genoveva, en voz baja y angustiada, mientras da una puntada en el pico de un ave.

—Hermana, tú sabes que Luis era nuestro sustento. Ahora que falleció tenemos que hacer ajustes. Luisito consiguió ese trabajo en la capital, pero no va a ganar igual que su padre. Veremos a ver cómo nos manejamos.

A las cuatro de la tarde, camino a la casa, con la libra de pan en la mano, Luis Baldoni aspira el aroma a bacalao guisado. Sube los escalones y entra a la sala en donde se encuentra los muebles vacíos. Camina hacia la cocina y le entrega el pan a Genoveva, entonces se dirige hacia su habitación. La puerta está abierta. Adentro se encuentra a Ysabel sacando las camisas y pantalones del *chifferobe;* Ángela busca la ropa interior y las medias en el gavetero, mientras Lola dobla todo para acomodarlo en la maleta. Las tres madres no se percatan de que Baldoni las mira con ternura recostado sobre el marco de la puerta.

—Estos calzones largos son muy viejos. Ángela, dame los negros, que son los que le compré el otro día —demanda Lola.

Luis se deja llevar, ya está acostumbrado. Ha tenido cinco madres en vez de una. Nunca ha podido comprender por qué no lo ha criado su progenitora, pero no la ha extrañado. Las tías se han ocupado de él, lo han animado a educarse, y aun ahora cuando ya es un hombre no se olvidan de los cuidados. Ahora le corresponde a él cuidarlas. Por eso se siente feliz de haber conseguido ese trabajo en el Hospital Presbiteriano. Se le ha cumplido el sueño de todo jíbaro que se ha educado: poder salir de su pueblo, del centro del monte, a buscar el progreso en la capital. Allá está la gente más educada, allá hay más oportunidades para crecer profesionalmente. Por fin podrá ayudar a las tías en su sustento. No tienen a nadie más, solo a él…

12 de agosto de 1931

Un primer día de trabajo

La isla está alborotada. En la cabina del hidroavión Sikorsky S-38 de la aerolínea Pan American Airways los equipos han sufrido desperfectos. En él vienen el fiscal general, James Rumsey, y la esposa del gobernador actual de Puerto Rico, Theodore Roosevelt Jr., como parte de un grupo de siete personas. Es un avión con apenas tres años, parte de la flota que Pan Am recibió de otra compañía a la que adquirió hace un año. El piloto se presta a acuatizar en el Mar Caribe, cerca de la costa de Ponce, cuando el motor se apaga. Es un silencio inesperado en la cabina de pilotaje, un silencio que alarga el tiempo y detiene la esperanza. Cuando el piloto reacciona, lucha por mantener la cordura y, siguiendo las pautas de su entrenamiento, decide acuatizarlo planeando al golpe del viento. Por un intervalo que parece una eternidad, el equipo es abrazado por las corrientes de aire que lo elevan y lo balancean como a una hoja. El capitán vive la pausa, un vacío le corta el pecho y sus manos aprietan los controles mientras mantiene la mirada en el objetivo, un mar que le abre las olas. Por momentos el horizonte es nubes y vacío en la distancia, demasiado lejano para alcanzarlo; en otros, es agua, arena y gente... casi cerca. Tiene que hacer uso de todas sus destrezas para evitar caer de nariz y sumergirse. Por suerte para todos, maniobra hasta lograrlo.

*

Luis Baldoni Martínez se dirige a su primer día de trabajo y mientras espera para abordar el tren en la estación del Tranvía de Ubarri, en Río Piedras, presta atención a los comentarios de la gente sobre la noticia. Le parecen muy interesantes las múltiples exclamaciones sobre la probabilidad de haber perecido, y la fragilidad de la vida, que corren de boca en boca sin mirar géneros o clases sociales. Piensa que se vive la casi tragedia con la pasión de la tragedia real, como si quisiéramos, o peor aún, necesitáramos verla llegar. El resultado, bueno o malo, siempre será obra de un ser invisible, omnipresente, omnisciente. El eco "gracias a un dios", flota sobre todos. Retira su atención del grupo para concentrarse en sus propios pensamientos. Su mente se ocupa con la incertidumbre de cómo le irá en el trabajo que comenzará hoy. Lo han aceptado para trabajar en la investigación sobre anemia del grupo Rockefeller. Hacía tiempo que estaba buscando trabajo y había escrito varias cartas, pero por fin consiguió este y entiende que la espera ha valido la pena.

Cuando entra a la salita de espera en la que lo ubican una vez en el hospital, escucha la misma conversación fatalista, religiosa, dramática en momentos y un tanto sensacionalista en otros. Desde su asiento lee la placa en la puerta: Dr. William Bosworth Castle. Pronuncia el nombre en su mente y luego entre dientes, moviendo solamente la lengua. Se esfuerza en recordar que debe terminar la pronunciación de las palabras: cerrar los labios con la m; que la t en Bosworth se amarra con la h y la debe pronunciar agarrando su lengua entre los dientes; que en el apellido la t es silenciosa ante la s y que la l parece ir al final. En un pequeño radio detrás de la secretaria se escucha la voz del fiscal general mientras lo entrevistan y narra en perfecto español cómo ocurrió el suceso.

—Todo está bien. El piloto maniobró con mucho acierto la nave. Quiero agradecerle su labor porque gracias a él la primera dama, los demás pasajeros y yo, nos encontramos en perfecto estado de salud —termina diciendo el fiscal.

La gente comenta la magnificencia del todopoderoso y murmura las gracias a una virgencita que es diferente en cada boca: María, Carmen, la Dolorosa... Baldoni los escucha en silencio, no puede atender otra cosa; apenas puede con la ansiedad que le produce la espera. Tras veinte minutos ve abrirse la puerta de la oficina del doctor y escucha a la secretaria pronunciar su nombre.

—Señor Luis Baldoni, puede pasar a ver al doctor.

Al entrar se sorprende. Esperaba que el norteamericano fuese alto y de constitución robusta, pero no que fuera gentil, ni que lo invitara a sentarse con ese aire de humildad que le recuerda a la gente de su pueblo en Utuado.

—Luis Baldoni, ¿ese es su nombre, no? —le pregunta en inglés.

—Sí, doctor Castle.

—Nos alegra que venga a formar parte de nuestro equipo. Me dijeron que viene de lejos, Utuado. Espero algún día dar la vuelta para conocer la isla. Bueno, le explico. Su función será como técnico de laboratorio. Es un trabajo muy importante porque una muestra mal interpretada nos puede dañar esta investigación. En las ciencias es cuestión de preguntarse por qué, imaginar el cómo y decidir la intervención. Luego debemos analizar todo con mucho cuidado porque esos datos nos ayudarán a dar con la conclusión correcta. Llevo algún tiempo investigando la anemia y este proyecto es muy importante para mí. Le voy a contar lo que estamos haciendo.

Castle procede a explicarle la investigación. Tiene una mirada gris, apenas parpadea y todo el tiempo escudriña los gestos de Baldoni. En un corto resumen le deja saber que la investigación busca determinar la causa de una anemia en la población puertorriqueña, diferente a la que identificó el Dr. Ashford, que era producida por parásitos; también se busca determinar el éxito de algunas intervenciones. Todo esto lo dice como si fuera un recital, y a Baldoni le parece que la figura del hombre

79

se pierde en la blancura de la pared y es un eco de voz lo que sale de su boca a dar vueltas sobre mesas, sillas y paredes hasta llegar ante él para llenarlo de datos.

—Después de hacer los estudios —continúa el doctor—, y si el paciente lo necesitara, le inyectaremos extracto de hígado número 55 o el extracto de hígado número 343, que es derivado del número 55. La base de estos productos nos la suple la compañía farmacéutica Lilly y el doctor Rhoads elaborará los demás.

80

Todo lo dice con ese aire de erudito y de familiaridad que desconcierta un poco a Baldoni. Repite en su mente el nombre de la compañía porque cree recordar que lo ha escuchado antes; Eli Lilly, Eli Lilly. Es entonces cuando llega a su memoria otro dato y, con ánimo de presentarse como un hombre conocedor del mundo médico, procede a comentarlo.

—¡Ah, sí! Esos son los que hacen el extracto en polvo de Cannabis 28, que es lo que ingiere una de mis tías para el dolor de cabeza —comenta con una sensación de satisfacción al poder aportar algo a la conversación.

—Eso es una tontería cuando lo comparas con Lletin. Me imagino que ese producto lo conoces. Tal vez has escuchado sobre él. Es la primera insulina. Salió el año pasado y ha sido un gran avance para la ciencia y los pacientes diabéticos. Pero eso es conversación para otro día. Ven, vamos a presentarte al doctor Rhoads. —El doctor se levanta del asiento, le gesticula que se pare y lo acompañe a salir de la oficina.

El joven se siente aliviado y agradecido de que ya no van a conversar más, ya no va tener que demostrar que conoce de productos recientes o de enfermedades. Caminan juntos, por el pasillo de paredes blancas que pierden su borde con el blanco del piso, hasta llegar al laboratorio de la investigación. El hospital les cedió una serie de espacios para este propósito. Al entrar encuentran a Rhoads solo. Está parado de espaldas a la puerta examinando un listado. Al escucharlos entrar gira y se acerca a

Castle. Se estrechan las manos, intercambian unos comentarios sobre el calor de la isla y entonces él le presenta al nuevo empleado. Rhoads le extiende la mano, repite su nombre mientras examina su expresión facial y luego lo toma por el brazo para llevarlo a su lugar de trabajo. Dejarse llevar por el brazo es lo menos que esperaba. Siente que lo tratan como a un niño en su primer día de escuela. Hace un gesto para zafarse y aprovecha para mirar hacia el área en la que se encontraba el médico cuando entraron. Le llama la atención una libreta azul que abre a la inversa, de izquierda a derecha. Cuando se sienta se percata de una puerta abierta que conduce hacia un pequeño espacio, apenas del tamaño de una alacena con varias tablillas de madera. El orden es perfecto. Cuando Rhoads se da cuenta de que el joven está mirando hacia la alacena, acelera el paso y cierra con llave la puerta de aquel sitio. En la parte superior de la puerta cuelga de un clavo un pequeño rotulo que lee: *Private*, Dr. CPR.

27 de enero de 1932

Un encuentro

Desde la puerta del café podré ver cuando la prima salga del hotel. Ha sido difícil conseguir citas con los responsables de la investigación de este asunto de la carta. Todo es un secreto. Por eso me encuentro absorto en la lectura de los ejemplares de la prensa del país. Los periodistas locales han obtenido detalles que yo no he podido obtener. Estoy convencido de que me ven como un extranjero y por eso no me quieren recibir. He conseguido *El Florete, El Imparcial, El Mundo* y *La Democracia*. Los he revisado con la esperanza de conseguir una guía, de poder descifrar cómo puedo investigar este asunto fuera de las manipulaciones políticas. Escudriño entre las líneas aquello que no se dice, pero que debe estar allí, entre noticia y noticia, en la boca de alguien. Reviso los comentarios sobre el asunto de Rhoads y paso las páginas apreciando el resto del contenido de los diversos periódicos. Me detengo a leer con detalle las cartas y siento la satisfacción de encontrar alguna que protesta por la situación del estatus colonial, y exige el rechazo de la ley de cabotaje; esa maldita ley que obliga a la isla a recibir importaciones solo de los barcos de Estados Unidos. Un producto de otro país no puede entrar directamente a la isla, este tiene que llegar primero a Estados Unidos, lo mudan de barco y lo traen hacia acá. No comprendo cómo fue posible que no protestaran esa imposición; es evidente que esta transacción encarece el producto. Reviso, por puro entretenimiento, las noticias del baile de coronación del carnaval, los anuncios del cine, los de

Flint para matar insectos, los del Tonipectol para el catarro…
Los más simpáticos son los de las "Cápsulas del Dr. Sanger",
para "las víctimas de la peor enfermedad secreta", recomen-
dadas "por un ejército de hombres satisfechos". Me río solo.
Todavía no necesito esa capsulita. Busco los anuncios de los
entretenimientos. En el teatro San José está *El eterno Don Juan*
y en el Olimpo exhiben *En Flandes se ha puesto el sol*, una obra
de Eduardo Marquina. Ya la vi en España, con Mariela, y se me
quedó grabada esa frase que dice:

*Tu prensa: la palabra para todos, la verdad para todos, triun-
fadora de toda tiranía, transportando la voz de Dios a todos los
hogares.*

Una figura se detiene frente a mí; me está tapando la luz.
Espero a que se mueva y como no lo hace bajo el periódico.
Levanto la vista, recorriendo el pantalón marrón desde la rodi-
lla hacia arriba, mientras le pregunto al señor en qué lo puedo
ayudar.

—Señorita, querrás decir, primo.

No la dejo terminar. Bruscamente la halo por el brazo derecho y la siento en la butaca próxima a la mía. Le reclamo que
está loca. ¿Cómo se le ocurre vestirse así?

—¡Ay, primo! Luisa Capetillo se puso los primeros pantalones en esta isla hace más de diez años.

Mi prima no tiene remedio. Argumenta con los mismos
ademanes que solía hacer de adolescente: girar los ojos hacia
arriba y descansar la perilla en ambas palmas con los codos sobre sus rodillas. Le recuerdo que lo de Luisa fue un escándalo y
hasta a la cárcel la enviaron.

—Pero un juez la sacó. Así que yo me los voy a poner.

Trato de hacerle ver que Luisa Capetillo era una líder obrera
que intentaba provocar un escándalo para llamar la atención
hacia sus luchas. Le recuerdo que ella es una figurita de Mayagüez y si una de las amigas de su madre la ve en esa ropa, la van
a mandar a buscar. Le digo que parece un macho, que a mí no

84

me importa, pero debe tomar en consideración que si se viste con pantalones va a arruinar la poca oportunidad que tiene de no quedarse jamona.

—No me importa. No todo el mundo nace para casarse. ¿Acaso esas que van por la calle todas cubiertas con sus trajes o faldas son mejores que yo? Tal vez algún día me encuentro un hombre que quiere casarse con una mujer que piense, que pregunte, que refute y que se ponga pantalones. Además, me vestí con esto porque así parezco un chico lampiño. Con pantalones y este sombrero puedo pasar por tu asistente sin que la gente me trate como a una damisela. Quiero que me respeten, como a los hombres.

Victoria no parece comprender que no va engañar a nadie. Le insisto que debe mirarse al espejo para que vea que tiene rizos negros demasiado brillosos; unos ojos marrones con largas pestañas, coquetos hasta en la soberbia. Y ni hablar de la cintura pequeña y las protuberancias por delante y por detrás que, acompañadas por el remeneo con el que camina, la delatarían de todas formas. Eso sin contar que apenas mide cinco pies con tres pulgadas. Sin embargo, le aclaro que no me opongo a su vestimenta y que, si ella se siente bien así, que la use, pero que, por favor, se arregle como una mujer.

Victoria se quita el sombrero, suelta la cola y alborota los rizos. Saca una libreta de anotaciones y procede a contarme que la noche anterior se acordó de una amiga involucrada con círculos nacionalistas, de los cuales el padre de Victoria le había dicho que se cuidara, porque no era bueno para su futuro que la vincularan "con esa gente". Por esos comentarios se alejó un poco de ella. Sin embargo, siempre supo dónde estaba y de vez en cuando le escribía a San Juan y le enviaba las cartas con otra amiga que tenían en común.

—Pues esta mañana la llamé. Le conté lo que estamos haciendo y le pregunté si podía ayudarnos. Se ofreció, sin vacilar, a presentarnos a Luis Baldoni, el empleado que llevó la carta al

85

presidente del Partido Nacionalista, Albizu Campos. Me dijo que viene a recogernos para llevarnos a tomar el tren hacia Río Piedras a reunirnos con él.

He aprendido a desconfiar de las ayudas demasiado fáciles. Le cuento a mi prima sobre la ocasión en que acepté el ofrecimiento de Roberto, bueno, así dijo que se llamaba, un joven español a quien conocí en Casa Vega, una alpargatería en Madrid a la que acudí buscando una mochila para cargar mis equipos. El joven entró buscando una correa, que no compró. Entabló conversación conmigo y cuando supo que era reportero me dijo que tenía unos contactos en el Gobierno y que podría ayudarme a conseguir papeles secretos e información de primera. Yo me entusiasmé demasiado y sin preguntarle muchos detalles de su persona accedí a encontrarme con él al próximo día, en la tarde, frente al Palacio de Cristal en El Retiro. Me dijo que desde allí me llevaría a conocer a la persona contacto. Cuando llegó me comentó que era amante de las artes y me propuso entrar a ver la Exposición Nacional de Bellas Artes, que se estaba celebrando allí. Mariela lo tenía en agenda para que fuéramos juntos, pero yo no quería perder la oportunidad de encontrarme con el contacto del Gobierno. Cuando entramos, Roberto me señaló los baños y me dijo que sería mejor ir antes. Yo iba como hipnotizado. Roberto sujetó la puerta y lo último que recuerdo es que desperté rodeado de gente, con un golpe en la cabeza y sin mi cámara fotográfica. Por ese suceso desconfío de los encuentros imprecisos.

—Alphonse, ¡por favor! —exclamó Victoria—. No es lo mismo. Esa es mi amiga, ¡mírala, ahí llegó!

Acepté sin más protesta. Cruzamos la calle, nos acercamos al hotel a saludar a la amiga y partimos con ella hacia el tren. Cuando llegamos a Río Piedras me pregunto por qué Ana, la amiga, nos lleva a una ferretería. Opto por no opinar, tengo que confiar en ella. Entramos al lugar, oscuro, húmedo, con polvo de meses, tal vez años. Mientras esperamos por el dependiente, examino los objetos tras el mostrador: martillos, navajas, tijeras. Un poco más arriba, ubicadas en orden de tamaño, sobre unas tablillas de madera rústica adheridas a la pared, están las bacinetas y escupideras de porcelana blanca. Cuando llega el dependiente saluda con cortesía y mira a Ana. Yo me sorprendo cuando la amiga de Victoria le pide al dependiente una escupidera más grande.

—Bien grande —le insiste.

El hombre permanece serio, nos mira uno por uno. Detiene su mirada en Victoria y Ana insiste en el pedido; esta vez sube el tono y lo mira sin parpadear. El dependiente abandona el mostrador y nos pide que lo sigamos hasta un cuarto en la trastienda del negocio. Nos abre la puerta y nos obliga a pasar uno tras el otro mientras nos sigue examinando. Está entrenado para desconfiar de aquellos que esquivan su mirada. En el lugar hay una mesa central y varias sillas de madera que apenas aguantan peso, en las que nos sentamos a esperar. Luego de un momento entra un joven blanco, de cabello castaño; presumo que es Baldoni. Se acerca a la amiga y conversa con ella. No se escucha lo que hablan. Yo supongo que él le está cuestionando si somos de confiar. Luego, Ana se aleja de él y llega ante Victoria para despedirse.

Cuando Ana se va, Baldoni le pone seguro a la puerta, se dirige hacia la mesa y se sienta a la cabecera. Nos explica que teme por su vida desde el momento en que se percató de que sus compañeros y el personal del hospital prefirieron ignorar la carta, y que por ello desconfía de todos. Victoria se ubica a su derecha, saca de su bolso una libreta y un plumín Feathertouch, de Sheaffer, regalo de su padre. Yo me acomodo frente a ella. Miro a Baldoni a los ojos y le aseguro que todo lo que nos cuente permanecerá entre nosotros. Veo ansiedad, miedo y desconfianza. Su mirada va de mí a Victoria y cuando ella le aclara que soy su primo, y que soy natural de aquí, comienza a hablar.

14 de agosto 1931

Una paciente

Una fina capa de sangre, apenas lo suficiente para cubrir la superficie, como el velo transparente que Giovanni Straza le esculpió a la Virgen del Velo, cubre la laminilla. Cornelius obtiene la sangre del tubo que le acaba de sacar a Socorro. Es la primera, de todos los que ha visto, que le sonríe y le da las gracias, para luego decirle que Dios lo bendiga. Cornelius entiende la bendición y le sonríe de vuelta.

Celiana, la maestra, fue quien reclutó a la paciente cuando se la encontró en un colmado de barrio, en Juncos, y después de observarla por un rato y apreciar la palidez de sus labios, le comentó que debía estar anémica. La jíbara levantó la vista con vergüenza, mientras, en un ligero examen, Celiana se percató de que andaba descalza.

—¿Cómo se llama usted? ¿De dónde viene? —le preguntó inclinando la cabeza, mientras doblaba ligeramente las rodillas para poder mirarla a la cara.

—María del Socorro, me dicen Socorro, vengo del barrio Mariana. —La mujer masticó las palabras apenas audibles y gesticuló hacia la derecha, moviendo la mano con suaves gestos que sugerían que venía de muy lejos.

*

Dos horas antes de llegar al colmado, María del Socorro ha terminado de limpiar la pequeña casa de madera. Se ha levantado a las cinco de la mañana para hacerle el desayuno a su esposo, un pedazo de pan y un poco de café negro. No hay más. A las seis les da lo mismo a los niños y los envía a la escuela. Deberán caminar cuarentaicinco minutos para llegar a tiempo, descalzos. Para los niños es una aventura, saltarán de árbol en árbol y apreciarán los cambios del monte durante la caminata. Cuando el hombre parte hacia su trabajo en la construcción, y los tres niños se marchan para la escuela, ella se dirige hacia la esquina de la cocina. Abre la ventana. Admira los montes agrestes a lo lejos y las plantas de yautía en su patio, entre las que picotean sobre el suelo las gallinas ponedoras, esas que le brindan huevos para vender. Se asoma a examinar el fregadero que se sostiene en el aire, pegado a la pared por fuera de la casa. Hay un sapo adentro y procede a sacarlo. No es una tarea fácil puesto que siente asco por los sapos. Recoge los platos y vasos de lata y se dispone a completar el ritual de fregar. Cuando termina de lavar los utensilios, y la vajilla rústica, agarra la escoba de paja y sacude el piso de tierra hasta dejarlo liso. Luego sale al patio a verificar los animales. Observa que la puerta de la casucha que encierra la letrina está abierta. Los niños deben haberla dejado así para poder salir corriendo si algún bicho se les acerca. Aquel espacio oscuro con el hueco en el medio de la tierra rodeado de un pequeño muro de cemento que provee para sentarse a dar del cuerpo, como dice Socorro, siempre sirve de albergue para grandes arañas y cucarachas. Verifica el interior para asegurarse de que las gallinas no han entrado y cierra la puerta.

Entonces se pone a pensar en la comida que debe cocinar para la familia y se percata de que tiene que ir al colmado a buscar arroz, sal y aceite. Don Justo le vende al fiado y la cuenta no está muy alta. Se viste con un traje cualquiera y emprende viaje por el camino de tierra. Dos horas más tarde llega al colmado. Cuando entra, siente que hay un olor nuevo para ella. No recuerda haber aspirado un aroma tan agradable. Le parece ajeno al colmado que siempre huele a cebollas, a culantro, a ajos, a mangó o a guineos; y en ocasiones, a carne descompuesta. Busca el

90

aroma mientras camina lentamente por el lugar. Ella desconoce que huele a Emeraude, de Coty. Usualmente en la tienda no hay gente a esa hora, excepto el borracho, hermano del dueño, quien amanece a tomar pitorro. No espera encontrar una señorita perfumada. Se para junto a ella, pero no puede levantar los ojos para mirarla.

Celiana no ha vivido esta pobreza, pero ha escuchado que la gente que la vive daría lo que fuera por un par de zapatos. Se acerca a la campesina y descubre que tiene un esposo y tres hijos. Son cinco.

Con ese cómputo su memoria se transporta a días antes, cuando, mientras estaba de visita en la casa de su tío en San Juan, asistió a una recepción en honor a los médicos enviados a investigar la anemia en la isla. Con la excusa de ser la sobrina del anfitrión se le acercó a Rhoads, a preguntarle si estaba disfrutando la velada. Él le sonrió y le preguntó su nombre. Empezaron a conversar y eventualmente llegaron al tema del estudio. El doctor comentó que necesitaría muchos pacientes y le sugirió a Celiana que le consiguiera varios. Le informó que le pagarían por los pacientes suministrados y además incluirían su nombre cuando se publicara el estudio. A Celiana la oferta le pareció muy atractiva y, además, le pareció que sería una buena excusa para comenzar una relación con el americano. Sin cuestionar algún otro detalle, terminó aceptando.

*

"Los doctores podrían decir que sí", piensa Celiana, mientras mira a la campesina. Entonces le pregunta si desea participar en un estudio en el que la examinan y le sacan la sangre. Le informa que la van a llevar, la van a esperar y la van a regresar a su casa con zapatos puestos y un bolso con pares para los demás. La jíbara no lo piensa por mucho rato. La molestia que le pueda producir que le saquen sangre, no puede ser peor que desgarrarse pujando un crío de diez libras por espacio de veinte horas. La maestra, emocionada por su éxito, le paga la compra de ese día. Esa tarde la familia comió como nunca, con una buena porción de carne.

*

Ha transcurrido una semana desde el encuentro con la maestra. Hoy, Celiana llegó al Colmado de Justo en un vehículo con varias hileras de asientos de la compañía Wa Wa, a recoger a María del Socorro. Ella lo aborda preocupada. Celiana piensa que no pudo haber tenido mejor suerte aquel día que se detuvo en el colmado a preguntar en dónde estaba la escuelita del barrio. Está entusiasmada con la oportunidad de colaborar en el proyecto de investigación, por lo que ha buscado participantes para el estudio, incluso entre los empleados de la compañía cerca de la escuela en la que trabaja. Se ha convencido de que esta gestión podría abrirle puertas y ganarle contactos en su carrera profesional. Aparte de que no puede dejar de pensar en el norteamericano alto y de ojos claros que le provoca la necesidad de verlo y de entrar dentro de esa coraza en la que se esconde; es una sensación completamente nueva para ella. Planificó una fiesta para todos los investigadores y espera poder convencer a Cornelius para que asista.

Hoy, cuando le entrega a la paciente, le habla sobre sus planes de la fiesta. Cornelius le sonríe, se percata del entusiasmo, pero rápidamente regresa su atención a lo que debe hacer. Toma la paciente por el brazo y la lleva al laboratorio. Allí, se la entrega a Baldoni para que la entreviste y llene los formularios correspondientes. Luego deberá llevarla al lugar de sangrado para tomarle la muestra. Baldoni anota el nombre, el sexo, la edad, las enfermedades que padece, y la dirección. Socorro no sabe leer ni escribir, por lo que, guiada por Baldoni, marca una X donde él le indica. A continuación, la lleva al lugar de sangrado y la sienta en una silla. La mujer se deja llevar, cual marioneta. Está apocada; es la primera vez que visita la capital, la primera vez que llega a un hospital. Cornelius limpia varias veces con alcohol la zona del antebrazo, cerca del codo. Retira del envase de alcohol la jeringuilla de cristal con la aguja conectada y la enjuaga; primero con agua del grifo, luego con agua salina. Después de amarrar el brazo con un torniquete, introduce la aguja con certeza; entonces aspira. La sangre huye del cuerpo enfermo y se refugia en la jeringuilla. Baldoni observa en silencio mientras reconoce que la jeringuilla no está estéril, pero sigue las órdenes del doctor.

Más tarde, Socorro abre la puerta de su casa y les enseña a sus hijos los zapatos que les ha traído, mientras comenta sobre lo bueno que parece el doctor. En ese mismo momento el Dr. Rhoads, sentado a la mesa del laboratorio, acerca sus ojos al binocular del microscopio y examina las células pálidas que se deslizan, desorientadas y perezosas, en el velo transparente que ha preparado.

En la reunión semanal del grupo de la Fundación Rockefeller, en la Comisión de Anemia, la facultad médica discutirá el progreso de las investigaciones en los diferentes centros: Hospital Presbiteriano, Hospital Mimiya, Hospital de Medicina Tropical y el Hospital Municipal. El director de la facultad supervisará los reportes y dirigirá la discusión sin preguntar por el grupo de la señorita Celiana Nueces.

27 de enero de 1932

Un contacto

Un mundo de intrigas, de secretos y de montajes gira alrededor de todo este asunto. Con Baldoni me entero de que han comenzado las deposiciones para determinar si hay causa para un juicio. Intento pensar en cómo podría enterarme de lo que ocurre en esas deposiciones, antes de que estas terminen y sean de conocimiento público. Le informo a Victoria que, si esperamos a leer lo que publiquen, corremos el riesgo de que alteren la información; tenemos que buscar la forma de conocer todo de primera mano.

—Necesitamos una fuente importante —opina Victoria al montarnos en el tranvía—. Alguien que nos ayude a saber lo que está ocurriendo día a día.

Mientras me siento junto a ella le comento que voy a tener que llamar al jefe para conseguir un contacto. Durante el viaje vamos dilucidando sobre cómo organizarnos; a fin de cuentas, no decidimos nada. Cuando llegamos a la isleta, Victoria decide ir a González Padín en busca de alguna bisutería. No me queda otro remedio que acompañarla. ¿Qué importancia tiene buscar tonterías en una tienda? La dejo en la bisutería y voy a la sección de varones a buscar unos calcetines. Cuando regreso, la veo en el mismo sitio en el que la dejé, sin nada en las manos. Parece que me esperan horas aquí dentro. Si viera lo fea que se ve con esos pantalones que a leguas le quedan grandes... Parece que está vacacionando. Abanica el aire con el sombrero en la mano derecha y está enfrascada en una conversación con una joven vestida en uniforme militar. Le paso por el lado y le hago una señal para dejarle saber que la esperaré en la Plaza de Armas, leyendo una novela. Prefiero los gritos de los niños y la mierda de las palomas a permanecer un momento más aquí dentro.

Apenas leo las primeras líneas de *Main Street*, cuando Victoria llega toda alborozada, como si se hubiera ganado un premio. La miro y pienso que así debe ser Carol Milford. Le pregunto qué se compró que le produce tanta alegría.

—Nada. No seas tonto. Esa chica, Facunda, con la que me viste conversando, es prima lejana del taquígrafo asignado a las deposiciones. Seguí hablando con ella hasta que encontré que tenemos una amiga en común. No es tan amiga, en realidad, pero Facunda no lo sabe y, además, la otra vive ahora en Francia así que no me podrá desmentir.

Yo me estoy preguntando cómo nos puede ayudar, mientras mi prima sonríe coqueta y victoriosa. Con todo y su aberrante atuendo de pantalones, exponiéndose a ser considerada una loca, ha conseguido que la joven, quien trabaja en *Fort Miles* como traductora para los militares desde hace seis años, se ofrezca a conseguirle el equipo para escuchar las deposiciones desde un salón contiguo en el Capitolio. Estoy verdaderamente sorprendido. Traerla conmigo me está rindiendo frutos. Le pregunto por qué no me la presenta y me dice que la muchacha va con prisa a tomar el tranvía hacia Río Piedras. Según termina de decirme todo esto me chantajea con el asunto de llevarla al carnaval. ¡Detesto las fiestas de mucho traje y etiqueta! Sin embargo, ahora no puedo negarme a eso; gracias a ella estoy adelantando mi reportaje. Solo para molestarla le pregunto a cuál de los carnavales quiere ir: si al de los ricos o al de los pobres.

*

Victoria no quiere abordar ese tema. Le molesta la conversación sobre las clases sociales. ¿Qué culpa tiene ella de haber nacido dentro de una familia rica y ser privilegiada? Trata con respeto a la servidumbre, y a todos los demás negros, como le ha enseñado su familia. Claro que le han advertido que no puede enamorarse de un negro, ni de un pobre o un nacionalista, y mucho menos de un primo.

La pregunta de su primo sobre a cuál de los carnavales quiere ir, la remonta a las discusiones que ocurrían en las tertulias domingueras que se celebraban en la sala de su casa, cuando sus padres y los amigos de ellos disertaban sobre las artes, la política y las diferencias de clases sociales. Recuerda cómo en aquellas tertulias José de Diego siempre se lamentaba de no haber tenido un apellido prominente para poder casarse con la mujer que más amaba, Carmita Echavarría. Para entonces, Victoria era una niña y, como a todos los niños, se le prohibía permanecer en la sala junto a los adultos. Sin embargo, ella siempre buscaba la forma de ponerse a jugar con una muñeca en alguna esquina que le permitiera escuchar. Todos pensaban que estaba muy concentrada en su juego. Al escuchar el relato del enamorado, imaginaba a un príncipe que se arrodillaba frente a una ventana por la que no se asomaba nadie. Lola le señalaba a De Diego que su comentario era injusto; que él, mejor que nadie, sabía que don Ernesto no lo aceptó porque no había terminado su carrera de abogado; y porque era un bohemio conocido, bien mujeriego. Victoria no podía cambiar la imagen que ya se había hecho, porque para ese entonces desconocía lo que era ser ambas cosas. Décadas más tarde vino a comprender la respuesta de José De Diego:

—De diferencias sociales, Lola, tú no puedes hablar, porque no es lo mismo ser Lola Rodríguez de Tió, a ser José de Diego. A ti siempre te han sobrado los apellidos.

Ese era el golpe final del cuento en la cabeza de Victoria. El momento en que el príncipe se paraba y se alejaba del castillo, pues la madre de Victoria, para salvar la reunión, le pedía a De Diego que declamara el poema "A Laura", que escribió para Carmita.

No quiere entrar en esos recuerdos. No quiere reconocer que ha tenido que alejarse de algunos de sus amigos de la niñez porque son negros, hijos de la servidumbre. Prefiere ir a ver cómo va la confección de su vestido. Quiere llegar al carnaval como una reina, deslumbrando a todo el mundo. Que las perlas y los canutillos reflejen la riqueza y sirvan de manto para ocultar la sonrisa congelada que proyecta, cuando piensa en cómo se arriesga a perder todo el apoyo económico, si persigue su sueño sin la aprobación de su padre.

*

Me despido de la prima. La dejo con sus pensamientos. A veces no la comprendo, pero es como la hermana que no tengo y le perdono las excentricidades. Quiero ir hacia la estación; tengo la esperanza de encontrar a la amiga. Corro sin inhibiciones por el centro de la calle y cuando me estoy acercando la veo. Está sentada en un banco leyendo un periódico. Mientras me acerco medito en la forma para abordarla, en qué cosa decirle. Me siento en la esquina opuesta del banco y le pregunto qué dice el periódico sobre el médico.

—Lo mismo que dicen todos, que escribió una carta. No sé porque tanto revuelo, era de esperar que nos encontrara repulsivos. Para ellos, tan refinados, somos como animales salvajes.

Le pregunto si lo somos, y salta de inmediato a contestarme.

—¡Claro qué no!, ¡qué pregunta más imbécil!

Aprovecho que se volteó a mirarme y me presento, diciéndole primero que soy el primo de Victoria.

—Yo sé quién es usted —me contesta, enfocando su mirada azabache en mí.

La miro con atención tratando de reconocer sus ojos, los pómulos levantados, los labios finos, la cabellera marrón recogida sobre la nuca en un moño y la piel salpicada de pecas. Como no puedo identificarla le pregunto de dónde me conoce.

—De la escuela en Mayagüez, cuando tuve que soportar que usted se burlara de mi acento. Los maestros insistían en que habláramos en inglés siempre y yo apenas podía decir *good morning* sin que pareciera atragantarme.

Se me suelta una carcajada ante este recuerdo. Yo le puse de sobrenombre "Mis gug". Es Luisa Conillary, la niña que tartamudeaba cuando hablaba en inglés y lo que decía era ininteligible. Aprovecho el tono informal y le pregunto si tiene un momento para hablar conmigo. Le aseguro que buscaré un carro para llevarla a su casa si perdiera el tren. Ella accede a la proposición y se levanta del banco para seguirme. Vamos a un café cercano y nos sentamos a una mesa. Retomamos el tema de deposición; mi preocupación es cómo poner los micrófonos, pero Luisa me aclara que ella se ocupará de eso. Le comento otra inquietud: los problemas que pueda traerle a ella si nos ayuda. Y ella me replica:

—No estoy haciendo nada que no haya hecho antes.

Me aclara que no la llame, ni la busque. Ella nos avisará cuando todo esté en su lugar. Nos despedimos en la estación del tren, a donde la llevé, desconcertado. Camino de regreso al hotel con mil preguntas en la cabeza. Entre ellas: ¿por qué esta mujer está tan segura de poder colocar micrófonos en un salón sin que nadie se percate? Pienso que la chica presume para impresionar a mi prima millonaria. Posiblemente quiere proyectarse como alguien importante, para que no pensemos que es una simple intérprete.

Cuando llego al hotel, el joven de recepción me recibe informándome que llegó un atuendo para mí. Lo trajo personalmente Juan Boretón, el sastre. No encargué ningún ajuar, pero lo recibo porque sé que ha sido una idea de mi prima. La única excusa para no asistir al baile de carnaval se desvaneció.

8 de septiembre de 1931

Una autopsia

Van tres meses desde aquella tarde el 15 de junio cuando Cornelius arribó al puerto de San Juan, desde Nueva York, en el barco de transporte *Borinquen*. Aún puede recordar la incomodidad del viento cargado de humedad que lo abrazó al bajar del barco y el sentido de confusión que lo invadió cuando se encontró con tanta gente hablando alto y en una lengua que él no comprendía. Le molesta escuchar ese idioma del que apenas entiende escasas palabras; los buenos días, las buenas noches, gracias, adiós, sí, no. Le cuesta trabajo acostumbrarse, pero es su carrera y quiere expandir su marco de investigación. Trabajar junto al doctor Castle es un honor.

Se levanta, apenas sale el sol y escucha un gallo cantar. Se asoma por la ventana y lo ve caminando por el patio, picoteando la tierra en busca de gusanos. El ave lleva varios días en el área, libre. Presume que en este escenario la naturaleza estará siempre cerca de él. Escucha el mar azotando con gentileza a la orilla y levanta la vista para verlo, gentil, acercándose sigilosamente hasta desvanecerse en la arena. Le gusta este ambiente. Respira hondo y, al hacerlo, recuerda por un instante sus días en el sanatorio. Abandona la ventana y va a asearse para luego desayunar. Esa mañana cruza la calle y camina hasta la esquina donde hay un pequeño café. Tiene ganas de comer huevos fritos.

En el lugar se encuentra a Zetzel. Se sienta a la misma mesa para conversar con él. Primero hablan sobre el clima y la terrible humedad que los tiene con las camisas pegadas al cuerpo.

Luego conversan sobre sus orígenes. Cornelius ha nacido en Springfield, Massachusetts y el otro es de Salem, Massachusetts. Han venido a conocerse en esta isla. Es entonces cuando el doctor Zetzel le pregunta si se ha acostumbrado a vivir en la isla y le comenta que nunca pensó que los puertorriqueños fueran todos tan diferentes. Valida su comentario contándole a Rhoads sobre su visita, junto a sus padres, a la Feria Mundial de San Louis en 1904; allí tuvo la oportunidad de ver un zoológico humano. Como recién se habían conquistado regiones, había en exposición especímenes de esos lugares. Pudo ver desde indios americanos, guerreros filipinos, hasta unos puertorriqueños. Eran flacos, muy pálidos y con el abdomen abultado. Se imaginó que todos los puertorriqueños serían iguales y ahora que vive entre ellos le da trabajo comprender, ¿por qué no lo eran? Rhoads recuerda al guía de la Universidad de Harvard y el comentario de la francesa con relación a otro zoológico humano.

102

—Yo esperaba que fueran todos negros —le comenta.

Ambos ríen y hablan sobre sus experiencias: de la gente que no comprenden, del poco español que han aprendido, de las bendiciones que les brindan los pacientes y de lo coquetas y hermosas que son las mujeres. Luego de treinta minutos emprenden camino hacia el hospital. Rhoads camina erguido, con un leve balanceo de los brazos y una pisada rítmica. Entran a la clínica y observan a los pacientes esperando afuera, sentados uno junto al otro, con la mirada distante y opaca. Ambos doctores se separan en el pasillo, y se dirigen a sus respectivas oficinas.

Una vez en la suya, Cornelius, se pone la bata blanca y le pide a la recepcionista que comience la clínica. Al pasar al primer enfermo, el galeno revisa el historial, le hace algunas preguntas mediadas por una intérprete, lo observa, le pide que abra la boca para mirar la mucosa, coloca el dedo índice sobre el párpado inferior, presiona y hala hacia abajo con gentileza, para poder ver el color del tejido interno. Luego saca la aguja del pote de alcohol y la conecta a la jeringuilla, la enjuaga con agua corriente, luego salina, y procede a sacarle la sangre. Al concluir le da una palmada suave sobre el hombro. Son varios pacientes y tiene prisa, debe ir al Hospital Municipal a practicar una autopsia. Con los próximos, entre paciente y paciente, solo enjuaga la aguja y la jeringuilla con agua salina, y procede a sacar el resto de las muestras. Al terminar se retira a su escritorio y anota en la primera libreta los pacientes atendidos. En la libreta azul escribe algunas notas y marca con una X a los que le sacó la sangre enjuagando las jeringuillas con salina. Sobre estos, escribe: *Los sujetos no tienen ninguna reacción inmediata.* Cierra la libreta, guarda ambas libretas bajo llave en el pequeño armario y revisa su agenda. Tiene media hora para comerse algo antes de salir hacia el Hospital Municipal.

*

Llega a tiempo al hospital. Un colega lo espera en la entrada del recinto para llevarlo al área de patología. Una vez en el salón, Rhoads observa el cadáver con detenimiento antes de agarrar el bisturí. Sobre aquella plancha de metal descansa una masa que adquirió forma muchos años antes. Ahora, ante los ojos del galeno, su forma de cuerpo de mujer no es muy diferente a la de una silla o una mesa. No expide emociones ni provoca sensaciones. Es cosa. Se es cosa cuando se escapa la vida. Y como a una cosa él la tratará; ejecuta un corte con firmeza desde ambos hombros por debajo de los senos hasta el centro del pecho y desde allí hasta el pubis. El cuerpo está expuesto en una desnudez que no experimentó en vida; igual a otros, igual a todos, sin las esmeraldas o los rubíes, vacío de emociones y pensamientos. Crujen las costillas al abrirlas. La mano del galeno entra a las cavidades. Camino al corazón experimenta un poder supremo. Lo despega con sumo cuidado y lo observa. Durante las próximas horas hará lo mismo con todos los órganos. Cuando llega a la masa de cáncer se detiene. La observa adherida a la matriz, la palpa y la retira con delicadeza. Pide que la pongan sobre la balanza para que le informen el peso. La corta en varios pedazos y los echa en envases; algunos los enviará a Estados Unidos, otros los examinará luego. Al terminar sale del salón, sin enterarse de que aquella masa que le ha provisto varias muestras de sangre y tejido era una parte de Áurea.

Cuando llega al laboratorio, entra en el espacio privado. Saca algunos de los pedazos de tejido que acaba de colectar. Los coloca sobre una bandeja que deposita en la mesa de trabajo. Baja del estante la botella de Ringers y el envase de arena estéril. Está concentrado en sus funciones cuando Baldoni lo interrumpe. Entonces procede a guardar el tejido en la pequeña nevera y saca de una gaveta los potes de extracto de hígado E-29 y Lily No 343, este último preparado del extracto Lily No. 55 por él y el doctor Castle, y se los echa en el bolsillo de la bata. Sale del espacio, cierra la puerta y gira la llave. El huracán san Nicolás le robará algunos días, pero no tantos como para impedir que logre hacer varias intervenciones.

29 de enero de 1932

Deposiciones

Poco antes de salir del hotel recibo una llamada en la 105 habitación. La persona al otro lado de la línea no quiere darme su nombre y se limita a decirme que es una simpatizante del Partido Nacionalista, y que se enteró de que estoy cubriendo el suceso de Rhoads. Entonces le pregunto para qué me llama. Ella me informa que hace apenas unos minutos vio a Celiana haciendo una declaración jurada ante un juez de paz. Abro mi libreta y me apresto a tomar notas mientras la informante me cuenta con todos los detalles lo que la maestra ha declarado y ante quién. Cuando termino la conversación, me preparo para partir.

Victoria accedió a dejar su atuendo de pantalones para parecer lo que se supone que parezca, según la amiga: una secretaria a la que le corresponde organizar unos archivos del Gobierno, que llevan demasiado tiempo en el Capitolio sin archivar. El jefe a cargo de esa operación la va acompañar, y en ese rol estoy yo. Tuve que vestir de saco, pantalón y sombrero, procurando que el ala me cubra las cejas. Tengo que hablar inglés siempre.

La amiga de Victoria nos recibe en la entrada. Caminamos por los pasillos del edificio como si trabajáramos aquí. Nos deja frente a la puerta de la oficina y se va. En el centro hay una sencilla mesa de madera con dos sillas, también de madera. Sobre la mesa hay un equipo de transmisión con dos pares de audífonos, una carpeta, papeles en blanco y lápices. Alrededor de las paredes se agrupan cajas con libros y documentos; parece un almacén. Desde aquí escucharemos las deposiciones. La amiga incluso nos dejó en la carpeta la transcripción de lo que se depuso hasta ahora; también dejó un jarrón de agua y dos vasos de cristal. Yo aprovecho un momento antes de que comience el proceso, y le informo a Victoria de la llamada que acabo de recibir. Le comento que no comprendo por qué Celiana hizo una declaración jurada en la Corte de Paz de Cidra, pues ella ha sabido llegar a San Juan al hospital simplemente a hablar con Rhoads. De hecho, ella habló con él tres días después de la fiesta, según la declaración. Mientras camino hacia la puerta, para ponerle seguro, le pregunto a Victoria si alguien le ha comentado de algún reporte en la policía, pues Celiana declaró que el doctor reclamó que al salir de la fiesta se percató de que le habían robado unas cosas del carro, pero no dio más detalles.

—No. Parece como si ella quisiera protegerlo. ¿Estará enamorada de él? —me pregunta en tono de burla.

Me rio ante las ocurrencias de Victoria, como de novelita, pero la idea no es tan loca. A lo adivino tal vez, como dicen por acá. Me dispongo a leer el material de la carpeta antes de que comiencen las deposiciones del día. Mientras, Victoria se dedica, cual niña curiosa, a examinar el contenido de las cajas.

—Primo, estas cajas están llenas de libretas vacías.

Le pido que no me interrumpa.

—Apenas te he hablado. Estás muy tenso. Me callaré.

Acomodo mis cosas sobre la mesa y me siento a revisar la carpeta. Leo con sumo cuidado los nombres de la junta interrogadora y voy tomando notas en una libreta Al terminar, cotejo la información:

Fiscal especial general- Honorable José Ramón Quiñones
Rep. Departamento de Sanidad Insular- Dr. E. Garrido Morales
Rep. Asociación Médica de Puerto Rico- Dr. P. Morales Otero

Lamento no haber escuchado al primer deponente, el Dr. Castle. Me hubiera gustado escuchar su timbre de voz, poder definir si sonaba inseguro o vacilante. Solamente me restan las notas y con ese material me tengo que conformar. Reviso el material de la carpeta y garabateo un resumen:

94 pacientes externos, 162 de hospital, 50 solo de sangre. No cáncer, tuberculosis, nefritis, anemia ni de infección.

Los Muertos:
X-G.C. - mujer - leucemia
X-F.C. - hombre - anemia hemorragia
G.P. - hombre - tumor riñón
X-S.M. - hombre - anemia secundaria
X-P.T. - hombre - anemia primaria
X-M.S. - mujer - colitis ulcerativa
X-J.R. - hombre - esprú y acceso pulmonar
X-R.R. - hombre - esprú y acceso pulmonar
J.B. - mujer - esprú crónico
X-R.Q. - mujer - anemia secundaria severa
F.O. - anemia secundaria
M.D. – pneumonia, esprú
P.R. - anemia

Todas las X han sido tratados por Rhoads

-Deposición de Monserrate Ramis de Cintrón:
Un año Escuela de Medicina tropical- Rhoads la enseña a sacar sangre y hacer contajes. Hay tres potes: alcohol, salina, agua corriente. Agujas están en alcohol y se sacan para la jeringuilla, se pasan a salina y luego a agua. Luego solo en agua corriente. Rhoads utilizó una aguja en varios pacientes sin pasar por alcohol. Luego dice que usaba salina nada más para que no se sufra hemolisis.

-Deposición de Aracelis Sanjurjo:
Oficinista, hace historiales, toma sangre de oreja, saca sangre con
aguja que saca del envase con alcohol y que pasa por salina y agua,
pero luego al continuar pasa por salina nada más, entre paciente y
paciente.

Al terminar de leer las deposiciones me detengo a cuestionarme por qué las preguntas son tan cortas, por qué no abundan en las respuestas. Hay términos que no comprendo y se lo comento a mi prima. Le digo que voy a necesitar un médico para que me aclare qué cosa es un "acceso pulmonar" y diserto sobre lo escueto de las preguntas.

—Me imagino que preguntan poco para que intencionalmente contesten poco —puntualiza Victoria—. Deberías averiguar la relación del fiscal con Garrido Morales y Morales Otero; los doctores a quienes también están interrogando. Y no te preocupes por lo que no comprendes, conocí en la universidad a un tarado que se hizo médico. Mañana lo busco.

La verdad es que Victoria me maravilla. Piensa como una reportera. Si consigue irse conmigo sería una magnífica investigadora. Yo podría escribir unos artículos grandiosos con su ayuda. Hasta podría llevármela para España. Escucho en los audífonos la llamada a comenzar las deposiciones y animo a la prima para que se coloque los de ella y comience a tomar notas. Mientras escuchamos, no puedo evitar meditar en que hubiera preferido estar en España, viviendo la Segunda República junto a Mariela. Todo esto me parece una situación sin sentido. No alcanzo a comprender cómo un médico puede escribir una carta delatando crímenes y ofensas a pacientes, por el solo hecho de que le dañaron el carro; es una acusación sin evidencia. España es real. Lo que ellos están viviendo es un conflicto verdadero, un asunto de interés político, una transformación en la historia. Allá la gente se tira a la calle, protesta, se arma la revolución y sacan a los monarcas. Aquí, en esta isla, la gente se dejó invadir; los millonarios americanos entraron por la puerta grande y los isleños se limitan a protestar en el periódico. Como la carta en la que se protesta por la ley de cabotaje, y la otra carta que habla de resolver el estatus. Creen que la guerra se gana escribiendo. Lo que más anhelo es el momento en que cierre este reportaje y me pueda ir a España a vivir la historia. Lo primero que pienso hacer cuando regrese es ir hasta Roma a entrevistar al rey Alfonso XIII. Hace apenas unos meses las Cortes españolas lo acusaron de traición, al hacerlo responsable del desastre de la Batalla de Annual, en la que murieron miles de españoles. Me gustaría conocer cuál fue su rol, si es cierto que influenció en las decisiones del general Silvestre y como resultado murieron miles de soldados en esa batalla. Roma será una ciudad buena para visitarla con Mariela, para que me haga ver el arte en todas sus manifestaciones.

5 de noviembre de 1931

Una fiesta

Querido, Ferdie:

Espero que todo esté bien contigo. Por acá los días pasan de calor a lluvias. Hemos vivido el huracán San Nicolás en septiembre y no creo haber visto tanto desastre junto jamás, pero nosotros estamos bien. Yo estoy hastiado, soportando esta humedad que me está ahogando y que, junto al calor de la tarde, hace que pierda la paciencia. Voy a hacer este trabajo con la esperanza de que cuando exista una plaza mejor me la den. Aquí todo apesta y el sudor de estos isleños es imposible de soportar. Los pacientes que traen son en su mayoría pobretones ignorantes con tierra en las uñas. El personal del laboratorio es un carnaval. He tenido que entrenar a recepcionistas para que me ayuden a sacar las muestras. La verdad que por más que quiera, no encajo aquí. Hay unas mujercitas coquetas que se les nota que se desviven por los blancos rubios. Los demás compañeros se dedican a hacer su trabajo en automático, no le dan pensamiento al lugar en el que están. Algunos hasta agradecen los huevos del país que le traen los pacientes, pero yo no me pienso contaminar con lo que sea, así que cuando me los regalan se los paso al personal diciéndoles que soy alérgico. Tengo una invitación a una fiesta. No pensaba ir, pero iré porque ha sido Celiana Nueces la que me invitó y ella me busca pacientes para el estudio. Es una maestra inteligente que me impresiona.

Bueno, escribe pronto.

Saludos,

Dusty

Ensobra la carta y revisa la invitación de Celiana. La maestra de Cidra coordina treinta y dos personas en ese municipio, la mayoría empleados de la compañía R. Day. Junto a la invitación le indica que envió dos varones para el estudio. Además, le informa que no pudo enviar a un tercero porque lo apresaron.

Ella prefiere omitir los detalles y no quiere contarle que el domingo anterior el hombre se fue para el Colmado Bar La Curva. El sitio es muy frecuentado por los hombres del barrio y de vez en cuando aparecen algunas mujeres a dar la vuelta para buscar clientes o compañía. Por eso, entrada la noche, desfilan las esposas, o los hijos, a recoger a los padres, o maridos, para evitar que dejen la paga allí y regresen con los bolsillos vacíos.

*

Apenas termina su jornada de peón en la finca de piña, Luis camina hasta su casa, se da un baño con un cubo y sale de nuevo. La esposa sabe que ese día cobra y le advierte desde la cocina que no gaste todo el jornal en bebida y juego, porque no hay comida para los niños. Él sigue de largo sin prestarle atención. Entra al bar saludando a todo el mundo. Los amigos lo rodean porque saben que les pagará un trago. A las seis de la tarde comienzan los hombres a tomar pitorro, animados por las mujeres que frecuentan el lugar. A las nueve y media de la noche comienza el desfile de niños y mujeres que llegan a recoger los borrachos. Cuando entra la esposa de Luis Mencio él está de espaldas a la entrada. El borracho frente a él le dice que se voltee para que vea "una tronco de hembra" entrando por la puerta; sin siquiera respirar, añade:

—Con unas tetas así me alimento toda la noche.

Mencio gira para ver a la mujer y se encuentra con una sorpresa: es su esposa. Entonces, sin mediar una palabra, la emprende a puños con el borracho. Por eso lo apresaron.

A Cornelius le narrarán los sucesos eventualmente y él se limitará a pensar: son animales.

*

Otro día más de trabajo. Cornelius se toma un café y parte con la carta en la mano para llegar temprano al hospital. En el camino se cruza con un asistente y se la entrega, para que la lleve al correo. Eso es lo más que disfruta de su estadía en la isla: siempre habrá alguien para resolverle lo que sea; se siente como un rey con miles de súbditos. Aún no ha llegado la secretaria, pero el personal del laboratorio ya está trabajando. Se sienta al escritorio y revisa su agenda, entonces se percata de que debió dirigirse hacia el Hospital Municipal. Recoge su bulto y sale de prisa a buscar al chofer para que lo lleve. Apenas tardan unos minutos en llegar allá. Cuando entra al salón los demás colegas están parados tomando café mientras conversan entre ellos los casos. El director médico del hospital, al ver llegar a Cornelius, les pide que se sienten para dar comienzo a la discusión. Son varias las presentaciones de los pacientes que tienen una anemia inexplicable, o masas que no comprenden. Cornelius pasa la mañana con ellos escuchando las presentaciones. Les ofrece su opinión desde su referencia en las investigaciones en las que ha participado. Considera que los colegas del hospital deberían pensar y leer más. Cuando termina la discusión de los casos, acompaña a uno de los colegas a hacer una autopsia; otro paciente con una masa pélvica. A las dos de la tarde termina su labor en el Hospital Municipal. Ha sido un día productivo, se siente satisfecho de haber podido colaborar en la discusión de casos y está muy entusiasmado con la variedad en la patología de cáncer. Se retira de nuevo hacia el Hospital Presbiteriano a ver a sus pacientes del estudio. Le esperan diez individuos. Llama a Baldoni para solicitar su asistencia. Para eso le ha enseñado a tomar muestras. Cuando atiende al último, el cansancio lo invade. Preferiría retirarse a descansar, pero no puede fallarle a Celiana. Llegará tarde a la fiesta, pero no le importa.

*

Cornelius arriba a las diez de la noche. Piensa que así es mejor porque no tendrá que quedarse por mucho rato. Estaciona el auto en la orilla del camino, y al entrar a la casa Celiana sale a recibirlo. Lo agarra por el brazo y lo lleva ante el grupo de sus amigas para presentarlo. Ella apenas le alcanza al hombro con la cabeza. Entre susurros y risas las mujeres en la fiesta comentan que la "verdad" es que Celiana dice la "verdad"; que ese americano es guapísimo y esos ojos azules se prestan para dejarse ahogar en ellos. Sin embargo, hay que mantener el recato. Por eso permanecen sentadas abanicándose, mientras esperan a que él, que ni lo ha considerado, las invite a bailar. Cornelius las saluda inclinando la cabeza levemente y observa las manos de ellas mientras agarran el abanico. Se fija en una de las chicas en particular, Marcia. Le recuerda a las mujeres de su pueblo; es alta, rubia, y tiene los ojos verdes y una piel que se asemeja a la suya. La observa cómo agarra el abanico y lo pasa a la mano izquierda mientras le sonríe sutilmente. Él devuelve la sonrisa y se retira hacia el grupo de los hombres. De vez en cuando lanza una mirada disimulada y observa con curiosidad cuando Marcia levanta el abanico, lo abre y se dedica a mirar los dibujos. Cornelius entiende que ella no está interesada en él y continúa la conversación que lleva. Apenas dos de los miembros de su equipo asistieron a la fiesta. No han querido luchar toda la noche con tratar de comprender el español, o el inglés con acento, que es peor. ¿Sobre qué podrían conversar con un montón de isleños? Que no están de turistas, fue la última de las excusas de los médicos que no asistieron. Cornelius está repasando en su memoria los pretextos para no asistir, mientras mira hacia la oscuridad que cubre el patio, cuando un familiar de la casa se le acerca a ofrecerle pitorro. En plena época de prohibición no se puede beber otra cosa. Cornelius lo acepta con gusto. Después de una serie de palos, siente el valor para volver a mirar al grupo de mujeres. Una de ellas se levanta y camina hacia él a preguntarle si necesitan algún personal en el laboratorio. Cornelius mira hacia Marcia. Ella levanta el abanico, se lo pasa a la mano derecha y comienza a girarlo. Entonces, Celiana, al observar la conversación entre su amiga y Cornelius, se siente decepcionada al percatarse de que otra mujer captura su atención. Decide acercársela con la excusa de explicarle el lenguaje del abanico.

—Cornelius, veo que no comprendes el lenguaje del abanico —le expresa.

—No entiendo de qué hablas.

—Pues mira, cuando Marcia agarró el abanico con la mano izquierda quería dejarte saber que quiere conocerte y cuando se puso a mirar los dibujos era para que supieras que le gustas mucho.

—¿Y por qué lo cambió de mano a la derecha?

—Te deja saber que ve como enamoras a otra.

—No entiendo y no me interesa. Ustedes son extraños. Mejor sigo conversando con mis colegas.

Todo es nuevo para él: el lenguaje del abanico y aquellas mujeres sentadas esperando a que las saquen a bailar, vigiladas por viejas, llamadas chaperonas. Prefiere la conversación y el pitorro. Aparte de eso, disfruta la música. La cadencia de un coro, herencia de moros y de españoles, que entre línea y línea acentúa la décima y dice "*lai, le lo lai le lo le lo lai…*". No se parece a la música que él conoce, pero le gusta.

Celiana se queda junto a Cornelius y después de un rato lo saca a bailar. Él se deja llevar. Acerca el cuerpo de la maestra lentamente al suyo y aspira el perfume. Cuando los senos de Celiana tocan los abdominales del americano, ella lo empuja sutilmente para crear distancia; una que ella no desea, pero que tiene que existir.

El momento transcurre festivo: bailan, comen, beben y conversan. La oscuridad se intensifica. Cornelius alcanza a ver a algunos despidiéndose, verifica la hora en su reloj de faltriquera, y hace lo mismo. Camino al carro escucha algún múcaro en el horizonte que interrumpe el cantar de los coquíes. Las carreteras sinuosas son muy peligrosas en la oscuridad.

115

12 de noviembre de 1931

La carta

Una pantalla gris en el cielo se resiste a darle paso al sol. 117
Entre horas permite que las nubes derrochen su fruto sobre la
capital. Es un intento de calmar el polvo, de borrar lo feo y
alimentar el suelo de los campos. Nadie imagina, que se avecina una mancha imborrable. Hace un momento Baldoni llega
primero que nadie al laboratorio, prende la luz, y se dirige a
su estación de trabajo. Alguien le ha dejado un papel doblado
sobre la superficie. Molesto, agarra la hoja y la pasa a la estación de su compañera, Aida. Entonces, se dirige a mirar por
la ventana para ver la lluvia que cae afuera. Al rato entra Aida,
quejándose de la lluvia. Al acercarse a su zona coloca el bolso,
levanta el papel y comienza a leer:

Querido Ferdie:
Mientras más pienso acerca del nombramiento de Larry Smith, más
disgustado me siento. ¿Te enteraste de alguna razón para ello? Es, sin
lugar a dudas, extraño que un hombre fuera del grupo de Boston, despedido por Wolbach y, hasta donde yo sé, completamente desprovisto
de reputación científica, mereciera esa plaza. En algún sitio hay algo
mal, posiblemente con nuestro punto de vista.
La situación en Boston está acordada. Parker y Nye correrán el laboratorio juntos y, ya sea Kenneth o Mac Mahon, será el ayudante; el
jefe se queda. Hasta donde yo lo veo, la oportunidad de que yo consiga
un trabajo en los próximos diez años es ninguna. Uno definitivamente no se siente estimulado a intentar un logro científico cuando es

una limitación, en vez de ser una asistencia, al avance profesional.
Podría obtener un buen trabajo aquí y estoy tentado a aceptarlo. Sería
ideal, excepto por los "Porto Ricans" —ellos son, por siempre, y sin
lugar a dudas, la raza de hombres más sucia, vaga, pilla y degenerada
que haya habitado esta esfera. Enferma habitar la misma isla junto
a ellos. Son más bajos que los italianos. Lo que la isla necesita no es
trabajo de salud pública sino una marea, o algo así, que extermine a
toda la población. Tal vez entonces sería habitable. He hecho lo mejor
posible para adelantar el proceso de exterminio, matando a 8 y tras-
plantándole cáncer a otros tantos. Esto último aún no ha resultado
en fatalidades. Aquí no importa el asunto de tener consideración con
el bienestar del paciente —de hecho, todos los galenos se deleitan en
abusar y torturar a los sujetos desafortunados.
Déjame saber si te enteras de alguna otra noticia.
Sinceramente,
Dusty

Baldoni regresa hacia su estación al percatarse del semblante de Aida. Ella está leyendo, incrédula. Ha perdido la sonrisa, contrae el ceño, levanta la vista y al bajar el puño que agarra la carta se encuentra con sus compañeros de trabajo. Tiene que desahogarse. Les informa el contenido a la vez que extiende la misiva hacia ellos. No exagera con la ira que le causa la nota. Uno a uno, palidecen, y una de las muchachas levanta los ojos cristalizados y expone:

—¡No es posible! No hay razón para esto, no puede detestarnos. Hemos sido muy cooperadores, hemos llegado temprano… Mira ahora: hemos cumplido con nuestro trabajo y hasta lo hemos invitado a nuestras fiestas.

Como si todas esas razones fueran capaces de aplacar el odio de un ser humano por otro. Ella las repite hasta que ve entrar a los doctores Rhoads y Castle. Rápidamente guardan la carta y proceden a trabajar; todos están nerviosos. Rhoads los observa durante toda la mañana; se la pasan entre cuchicheos cada vez que tienen un momento. Él sabe que no están hablando de sus parejas, familia o hijos, porque lo hubieran comentado más alto. En un momento en que el doctor sale hacia el Hospital Municipal, Baldoni exige que le den la carta. Quiere el original y no una de las múltiples reproducciones que han hecho.

—Dame la carta, Rafaela.

—Mejor… no.

—Yo tengo derecho a tenerla y hay que guardar la original. Esto hay que reportarlo arriba. Tras mucha insistencia, Rafaela le entrega la original y una copia.

13 de noviembre de 1931

Un asunto difícil

Las lluvias persisten. Las correntías han dispersado el fan-   121
go del barrio de Borinquén y no es metáfora que cada quien
carga un poco de fango en los zapatos al entrar al hospital.
Baldoni mira las losetas manchadas mientras camina siguiendo
los pasos marcados. Se acerca a la oficina del director médico.
Sus compañeros del laboratorio han tratado de disuadirlo para
que no entregue la carta al doctor Galbreath, para que olvide
todo el asunto, pero no han podido. Los argumentos han sido
varios, pero el del dinero es el más fuerte. Le presentaron todo
un desglose del dinero que aporta el estudio.

Baldoni ya casi está en la puerta cuando dos galenos lo in-
terceptan. A su conocimiento llegó el asunto de la carta.

—Baldoni, ¿cómo está usted? ¿Adónde se dirige con tanta
prisa? —pregunta Basora.

—Buenos días —responde Baldoni sin emoción alguna—.
Voy a ver al doctor Galbreath.

—¿Y se puede saber para qué?, porque podrías ir a ver
al doctor Knott, tú sabes que él es subdirector —le informa
Ortiz—. Si la cosa no es de vital importancia no debemos interrumpir a Galbreath.

—Esto es de suma importancia. —La rabia se hace evidente
en el tono de voz de Baldoni y sus ojos pierden el brillo ante el
manto opaco de su mirada fija.

El doctor Basora lo toma por el brazo y lo conduce con un
jalón suave hacia una oficina. El joven se siente intimidado ante

el apretón de aquella mano sobre su antebrazo, pero va junto al galeno sin protestar. Al entrar al espacio, el doctor Ortiz cierra la puerta. Baldoni coloca la copia de la carta de Rhoads sobre la mesa. El primero en leerla es Basora, quien se reclina en la silla ejecutiva dejando abrir su chaqueta gris oscura. Como muchos otros, antes y después de él, la sorpresa está llena de coraje y angustia. Ortiz se percata de la reacción de su colega, y con la mano izquierda en el bolsillo del pantalón, toma el papel de la mesa con la derecha y se recuesta sobre el librero para leerlo. Cuando termina su expresión es de confusión. Baldoni los observa convencido de que una vez revisen el escrito estarán de acuerdo con él y lo acompañaran a llevar la carta al director médico. Sin embargo, la respuesta de ellos lo dejó perplejo.

—Este es un asunto difícil —indica Basora.

—¡¿Difícil?! —exclama Baldoni incrédulo—. ¡Difíciles son los cálculos matemáticos, las fórmulas químicas, ejecutar una función que desconocemos, pujar un bebé, hacer malabares en un circo, pero, ¡¿cómo puede ser difícil delatar esta verdad que se encuentra ante sus ojos?! ¡¿Cómo puede ser difícil delatar la insensibilidad de un médico que odia a mi gente y los desprecia colectivamente?! Difícil es callar y dejarse humillar en silencio porque el poder del dinero envuelto en otra lengua está presente en todos lados.

—Cálmate, Baldoni —suplica Ortiz—, está bien, pero mejor se la llevamos nosotros.

—Pues ahí les dejo esa copia. Yo me voy al laboratorio.

Los pasillos del hospital Presbiteriano encajonan a Baldoni entre paredes blancas, propias de un manicomio. Medita camino a su centro de trabajo sobre la reacción de los médicos. ¿Qué precio tiene el honor? ¿En qué momento un ser humano se doblega, se somete a la ofensa como esclavo ante el látigo? Se le hace difícil comprender que los doctores no se indignen y estén dispuestos a ignorar la carta como si no fuera importante. Cuando llega al laboratorio, todo el mundo lo mira y le pregunta a coro qué hizo. Él procede a narrarles los eventos de la mañana.

—Ya tú verás que con eso no van a hacer nada —le asegura Rafaela—. Si no quieres perder tu trabajo deja ese asunto quieto. Mira el desempleo que hay en esta isla; las cosas están malas y por lo menos gracias a ese estudio nosotros tenemos trabajo.

—¡¿Y tú crees que la vida de esa gente no vale nada?! ¡¿Que solo porque la mayoría son ignorantes, pobretones y anémicos enjutos, se debe permitir que ese cerdo los utilice para experimentar hasta matarlos?!

123

—No, Luigi, eso no es lo que quiero decir —se excusa Rafaela.

Todo el mundo está consciente de que el desempleo se ha agravado con la situación económica y que a duras penas se mantiene la mayor parte de la isla. El trabajador humilde se conforma con un empleo en las fincas de piña, tabaco o caña. Acepta vivir en casuchas humildes con sistema de letrina, caminando descalzo porque el dinero apenas alcanza para comer. Cuando le pagan, con moneda de la finca, la tiene que gastar en la tienda de la misma y consume gran parte en comida: arroz, habichuelas, pan blanco. No puede comprar carne, ni huevos, ni leche. Los que son dueños de su propia finca se defienden un poco mejor.

—Baldoni, me gustaría conversar con usted en el pasillo —interrumpe Pomales, bacteriólogo del hospital, quien acaba de entrar por la puerta.

El joven suelta los papeles que tiene en la mano y sale a hablar con el hombre. La furia no se aplaca, todo lo contrario: incrementa, luego de que Pomales le pide la carta original, por petición del doctor Galbreath. Antes de que Baldoni niegue tenerla, Pomales le informa que sabe que Rafaela le entregó el original. Es difícil tener que aceptar que el enemigo pueda tener aliados y que existen quienes no se han sentido ofendidos por la carta. Baldoni piensa que tal vez esos otros son los pillos, vagos y puercos a los que se refiere el gringo. Incredulidad es la única reacción posible. Ante la insistencia del bacteriólogo, se da media vuelta, agarra la perilla de la puerta y mientras abre le responde:

—Lo siento, la carta ya está en Utuado.

29 de enero 1932

Otro médico

Las risas y gritos de los párvulos corriendo por las calles
a la salida de la escuela José Julián Acosta forman un sifón que
aspira todos los pensamientos de los adultos a su alrededor;
los niños, tan alejados en su pequeño mundo de todo lo que
ocurre. Victoria camina por la avenida Constitución hacia la
Plaza Colón y no se percata de mi presencia. Un chico tropieza
con ella. El pequeño se detiene y se excusa con un, "Perdón,
señorita", mientras mira hacia el suelo. Ella sonríe y le acaricia
la cabeza, alborotándole el pelo. Es Ricardo, el hijo de Alegría,
y ella lo reconoce. Es un chico tímido, retraído, que seguramente se dirige a la biblioteca de su padre a revisar el último
libro de interés. En varias ocasiones Victoria me ha contado
sobre el padre de ese chico y sus disertaciones antiamericanas.
Sin embargo, me gusta más escuchar las historias del nene que
se ha negado a honrar la bandera norteamericana en la rutina
matutina que se celebra todos los días en el patio de la escuela,
y en la que la bandera de Porto Rico no está incluida. Me parece que el jovencito será un hombre ilustre.

Las gotas comienzan a caer anunciando el aguacero diario
y Victoria acelera el paso. Presumo que va hacia el atelier de la
costurera. Eso dijo esta mañana. Debe ir pensando en cómo
podría dejarle saber a sus padres el poco interés por casarse, que
no quiere ser igual a sus amigas, que quiere ser una reportera y
viajar el mundo. Desea poder contarles todo eso sin el temor de
que la llame libertina y sin perder la bendición económica de

la fortuna familiar. Yo dudo que lo logre. Cuando se acerca a la calle Tanca, esquina calle Salvador Brau, se detiene cerca de la barandilla. Parece que conoce al caballero que camina de frente hacia ella. Ahora la podré alcanzar. La escucho saludar al joven.

—Alberto, qué mucho tiempo hace que no te veía.

—Así es, desde que se me ocurrió declararte que estaba enamorado de ti, en la graduación de la universidad —le contesta él.

Victoria ríe a carcajadas y le pregunta si tiene un momento. Él la invita a tomar un café y entran en un pequeño local que mira hacia la barandilla. No se han percatado de que entré tras ellos. Ella está muy ensimismada en sus coqueteos y él no deja de mirarla. Creo que por un momento me quedaré en la distancia. Han ordenado un café y escucho que Victoria le pregunta al amigo si conoce el caso Rhoads. Alberto comenta que preferiría no hablar de eso, pero Victoria insiste y él se rinde ante la petición.

—El 7 de diciembre tuvimos una reunión oficial en la Asociación Médica. Se trajo a colación la carta y lo ofensivo de esta. Yo no sé si es porque son médicos importantes de Harvard, y además norteamericanos, pero algunos de los colegas son tímidos al opinar. En general el consenso fue a favor de que se investigara al doctor Rhoads y de no invitarlo a la asamblea anual. Queremos distanciarnos de él. No deseamos que la gente piense que podemos aceptar lo que él alega haber hecho; perderíamos la confianza de los pacientes. Si no somos firmes en el rechazo, la gente va a preferir morirse en su casa antes de ver un doctor.

—Pero, ¿qué has escuchado tú?

—Bueno, al terminar la reunión tuvimos una tertulia para compartir entre colegas y acabamos hablando de ese asunto tan bochornoso. Se nos hace difícil creer que haya ocurrido lo que él reclama en la carta; es una violación imperdonable al juramento de Hipócrates, pero tampoco nos extrañaría porque hay investigadores que harían lo que fuera por demostrar un punto.

126

—¿Quiénes estaban? —interroga Victoria.

—Goenaga, González, Jordán, Ortiz, Quevedo y yo. Nos reunimos todas las semanas a conversar, a comentar los adelantos en la medicina, o los atrasos, porque hay cosas que hacen que no nos impresionan. La medicina va avanzando muchísimo en el campo de las infecciones. Mira, cuando Garrido nos anunció la Comisión de Anemia, y nos presentó al doctor Rhoads como un amigo al que le debía la salud de su mamá, todos esperábamos lo mejor del norteamericano. A mí me pareció brillante y muy preocupado por ayudar a los pacientes.

—¿El doctor Rhoads es amigo del tal Garrido? ¿El que está participando junto al fiscal en la toma de deposiciones?

—Sí, ese mismo.

—¡Pero esto es un circo! ¿Y ahora, qué opinan?

—No sabría qué decirte. Es duro aceptar que un colega haya escrito una cosa como esa. Garrido aún no comenta nada.

No puedo creer lo que acabo de escuchar, eso de que Rhoads y Garrido son amigos, y decido interrumpir la conversación para preguntarle qué dicen los otros.

—Primo, qué bueno que estás aquí. Mira, este es el doctor Alberto Carbrenosa.

Le extiendo la mano al galeno y halo una silla para sentarme.

—El gusto es mío... —dice Alberto—. No sabía que tenías un primo norteamericano.

—Puertorriqueño, Alberto —aclara Victoria—. No todos los rubios jinchos son norteamericanos. Su mamá es mi tía, su papá es el norteamericano. Un militar del primer grupo que llegó, pero es buena gente. Mi tía se enamoró desde el primer día. Vivieron en Mayagüez hasta que mi primo terminó la secundaria. Entonces, se mudaron a Boston para que este fuera a la universidad. Es reportero y vino a investigar para su periódico este asunto del doctor y la carta. Anda, sigue contándome.

Alberto vacila por un momento, pero después de un rato reanuda la conversación.

127

—Pues esa fue una velada interesante. Goenaga dijo: "Entre el loco y el criminal hay que establecer una diferencia, desentrañando sus pensamientos y sus hechos". A mí me parece que simplemente piensa que el hombre está enajenado, pero que no cometió delito alguno.

Insisto en que nos diga qué piensan todos.

—González fue categórico y dijo, sin el más mínimo titubeo: "Él no ha cometido esos crímenes".

—Pero, ¿qué le hace pensar que no es capaz? —pregunta Victoria, levantando la voz. ¿Acaso lo conoce?

—No, no lo conoce, pero lo dijo así porque sí. Jordán está seguro de que tiene un "trastorno mental". Ortiz, quien es el secretario del tribunal de médicos examinadores, dice que no lo puede creer, y Quevedo, con una retórica digna del más ilustre de los escritores, comentó que el médico era "un hombre atrabiliario con psiquismo perturbado". Como ven, nadie parece creerlo dentro de la rama médica.

—¿Y cuál es la opinión final de la asociación? —indaga Victoria.

—Hace unos días, el 26 de enero, aprobaron una resolución para repudiar las declaraciones del doctor Rhoads y exigir una investigación para radicar los cargos correspondientes.

Yo respiro profundo y exhalo mientras observo cómo el galeno mira a mi prima. Me parece que hay una candidez que se cuela fuera de sus ojos y lo delata. Victoria se hace la desentendida y se acomoda el pelo detrás la oreja izquierda, mientras anota los datos que le narró el viejo compañero de clases. Cuando la veo anotando, recuerdo los apuntes que no comprendo y saco mi libreta. Procedo a preguntarle al doctor si podría aclararme qué es un "acceso" en el pulmón.

—Podría referirse a una crisis pulmonar de tos y sofocación, o simplemente está mal escrito, y lo que quiere escribir es absceso. En ese caso se refiere a una infección abundante en pus, no sé si me comprende.

—¿Parecido a los de la piel? —interrumpe Victoria.

—Sí.

—¿Cómo llegaría el pus al pulmón? —le pregunto.

—Tal vez por la vía sanguínea. Algo perfora la piel y expone la sangre a esa infección.

Yo guardo silencio mientras miro al galeno por largo rato. Temo hacer la próxima pregunta; no quiero ofender el orgullo profesional del médico. ¿Cómo contarle que nos consta del uso de agujas no estériles con los pacientes? Prefiero esperar para hacerla luego. Además, alguien más en el café me ha llamado la atención. Acabo de ver parado bajo el umbral de la puerta de la entrada, al corresponsal del *New York Times*, James White.

Desde el umbral el reportero observa la lluvia caer. La corriente de agua se desliza entre los adoquines y se concentra en la zanja de la calle, trazando el camino de salida hacia los antiguos muros que en una ocasión fueron el marco de la puerta sur de la ciudad, Puerta de Tierra. Yo también me he detenido a mirar esas corrientes en la calle, en algún momento durante mis caminatas por la ciudad. Este lugar es oscuro, pequeño. Respiro un olor a viejo, a olvido, a miseria de pobreza incrustada en las paredes con el humo de tabacos ancestrales. La intimidad en este espacio se crea sola. Yo me giro de espaldas, espero que el cabello rubio no me delate. El reportero entra, pero no me reconoce. Escucho al comensal sentado a la mesa junto a la de él darle las buenas tardes y le ofrece un cigarro. James lo acepta y le dice en un español quebrado que lo más que le ha gustado de la visita aquí han sido los cigarros y el pitorro; pronuncia ambas palabras con ele porque no hay forma de que logre las erres. Desde mi mesa lo escucho en una conversación superficial. Está esperando a alguien. Un lugar interesante para citarse; uno al que apenas viene gente a esta hora. No es un sitio popular. No debe llegar hasta aquí ningún otro representante del Gobierno, menos aún personal de la prensa.

James debe estar feliz con este tipo de reportaje. Recuerdo que me contó que cuando investigó el contrabando de licores se adentró en los barrios de Harlem y Brooklyn para citarse con los gatilleros de los mafiosos que dominaban el mercado de Nueva York, Joe Masseria y Salvatore Maranzano. El que más información le proveyó fue Luciano, un subordinado de Masseria que se cambió al bando de Maranzano. Este último llevaba una campaña para animar a los miembros del grupo de Masseria a que lo abandonaran y ayudaran a matarlo. Luciano le contó a James cómo llevó a Masseria a un restaurante de *Little Italy*, y mientras jugaban barajas lo dejó en la mesa con la excusa de que tenía que ir al baño. En cuestión de segundos entraron los gatilleros y lo ejecutaron. Luciano le narró todos los detalles sin un ápice de emoción. Ver cómo aquel hombre entraba en todo tipo de detalles macabros, como si estuviera hablando de matar cucarachas con el zapato, provocó que James solicitara retirarse a cubrir otro tipo de información. Pienso que se había arrimado al precipicio y temió caer en él. Dejó inconcluso un artículo sobre el contrabando de licor en la Casa Blanca y las orgías del presidente Warren G. Harding. Ahora está aquí y me pregunto a quién estará esperando.

Vaya, vaya. Estoy sorprendido. Acaba de llegar el doctor Castle.

Entra tímidamente, bajando el ribete de su sombrero para que no se le vean los ojos. Apenas mira a su alrededor. Lo veo en el espejo que queda detrás de la barra de este viejo café. Me imagino que cuando un banquero se sienta a esa barra en la mañana, a tomarse un café, se puede ver en el espejo la consternación que lo invade mientras piensa en la finca que le embargará a algún amigo, porque no ha podido cumplir con los pagos; y en el desempleo de múltiples obreros adicionales. No debe ser una visión agradable. Castle ha llegado a la mesa de James; ya sé cuál es la misión de mi colega reportero. No quiero estar en esos zapatos. Tener que arreglar una noticia para que sirva de relaciones públicas es un castigo. James señala hacia esta mesa y Castle, quien apenas toma asiento, se levanta de pronto y le gesticula para que se vayan. Los veo partir mientras los sigo en el espejo.

Retomo el interrogatorio para preguntarle al amigo de Victoria si ese tipo de infección podría provocarla por una aguja que no esté limpia.

—Si no la esterilizan bien, podría ser —informa Alberto—. Pero, ¡qué médico puede ser tan bruto!

Durante todo ese tiempo, mientras observaba a James y Castle, el doctor se ha dedicado a hablar con Victoria y a preguntarle sobre su vida. Ella le cuenta que terminó una preparación de maestra, pero que no quiere hacer eso, que quiere se reportera y viajar el mundo. De pronto recuerdo que cuando fui un momento al hotel al salir de las deposiciones me dejaron un mensaje para ella. Me excuso por no decirle antes y le informo que sus padres llegan en el tren de esta tarde.

Sabe a lo que vienen. A querer imponerle otro candidato a matrimonio, que no le interesa. Ya me lo ha dicho en montones de ocasiones. Ella no ve felicidad en estar rodeada de sirvientes, ni pariendo niños mocosos de un hombre que le produce asco solamente mirarlo.

—¿Cuánta satisfacción puede producir servir la cena en porcelana francesa traída de mi viaje de novia y unirse a un círculo social que desprecia a los negros y a los pobres? —expresa Victoria—. Alphonse, esto es inconcebible. Mi madre me informó que uno de los amigos de papá, un viudo de cuarenta y cinco años, ha mostrado interés en casarse conmigo. ¡Yo estoy rabiosa! Ya le he dicho a mami que el hombre me parece muy viejo. Ella me prometió interceder en lo posible para disuadir a papá. Sin embargo, si han llegado hasta San Juan, la noticia no es la que yo espero —termina diciendo mientras mira hacia el suelo.

El viejo compañero de clases reconoce esa expresión y por alentarla le dice:

131

—No temas, tal vez solo vienen a visitarte.

—¡Qué iluso! Me voy. Creo que seguiré mi marcha hacia la costurera. —Se levanta con premura y continúa hacia la salida. Al pasar frente al espejo gira levemente a la izquierda y se acomoda los rizos.

Permanezco aquí conversando con el médico. A este le interesa Victoria. Giró el torso y la sigue con la mirada, deslizando la vista desde los rizos hasta las piernas, mientras pretende hacerme creer que me está escuchando. Voy a revisar mis notas para darle un momento al doctor. Tal vez no sería mala idea jugar al celestino un rato.

—Mi prima es una mujer hermosa, bien educada y posiblemente sería una esposa perfecta, capaz de llenar las expectativas de cualquier hombre, pero ella quiere ser reportera. Mi tío y su esposa quieren casarla de todas formas. Ya ves el candidato perfecto que le tienen. ¡Hasta con hijos! Ella no quiere casarse así. Quiere hacerlo con un hombre que ame. Pero a tío le importa un bledo. Está encaprichado en imponerle ese pretendiente; mejor dicho, ese marido.

—¡Sin que ella consienta! —exclama Alberto.

Yo le aclaro que sí, que es a la fuerza.

—¿Qué puede pasar si se niega?

Este doctor es muy ingenuo. Procedo a comentarle que me maravilla que él desconozca los convencionalismos de la gente rica, y le informo que Victoria tendría dos alternativas: o se fuga conmigo a Estados Unidos o se la presentan a las monjitas, con todo y una aportación, para que siga la vida de monja. Ese es el futuro de una joven rica. Son como la realeza, tiene que hacer lo que papá quiera.

—¿Y cómo puede ella salir de eso?

Me rio por un momento y le pregunto que si él recuerda la Edad Media, cuando a una princesa la salvaba un caballero. Entonces le digo que Victoria va a necesitar a un caballero que se presente ante sus padres y la pida de esposa, ofreciéndole un futuro mejor que lo que ofrece el viudo, pero aceptando que ella quiere ser reportera y que posiblemente nunca será una esposa de casa, niños y té.

—Alphonse, tienes una forma muy cínica de decir las cosas —me dice.

Me levanto para partir y coloco sobre la mesa el dinero de los tres cafés que hemos consumido mientras le aclaro al doctor que lo que digo es cierto, aunque lo adorne de cinismo; y le agradezco la ayuda.

133

29 de enero de 1932

Un paseo en la noche

Estoy viviendo situaciones inexplicables, llenas de preguntas que giran como un espiral dentro de mi cabeza. Se repiten, se deshacen, se retuercen adentrando canales oscuros. Tengo una premonición, me parece que tal vez se cumple. Hacer un reportaje sobre esta noticia en una época en que el pueblo se divide en los que aman y los que odian al invasor, no es fácil. La indiferencia al tema es defensa para el dolor. Siento la desconfianza de la gente cuando me atrevo a preguntarles algo; no me pueden aceptar como puertorriqueño. No se atreven a ofrecer una opinión honesta, pues temen que se les relacione con Albizu y su grupo de nacionalistas. Quiero acelerar la investigación para partir lo antes posible. Todo esto me abruma. Voy a salir a caminar por la ciudad para despejar la mente, fumarme un cigarro y, si es posible, conversar con alguien, puesto que Victoria está reunida con sus padres. ¡Pobrecita!

Son las diez de la noche. Apenas se escuchan voces. Por la calle van los bohemios en busca de más diversión. Yo divago, sin rumbo fijo. Cuando paso frente al número noventa de la calle Salvador Brau escucho una voz de mujer que me llama.

—Alphonse, el gringo periodista.

Me detengo y miro a la señora que viste un traje rojo ceñido a la cintura con un escote que apenas esconde los pezones. Demasiada teta expuesta para su edad. Tiene un collar de arrugas de varias hileras. Trato de definir las facciones perdidas tras aquellos párpados exageradamente azules con pestañas postizas que casi ocultan los ojos marrones. Recorro las mejillas, acentuadas con un rubor rosado, y me pierdo entre los labios prominentes y rojos. No recuerdo conocerla y no sé cómo responderle. Inclino la cabeza y concentro la mirada en el pasillo tras ella, apenas alumbrado. Le doy las buenas noches y de pronto recuerdo la conversación que tuve con el español la primera mañana, cuando él me informó de las zonas y lugares en los que no me debía meter. Entre ellos, el noventa de la calle Salvador Brau. Verifico la placa en la pared para confirmar que es el noventa y me dispongo a continuar mi paseo cuando veo llegar a otro hombre que saluda a la mujer con confianza.

—Nena, ¿qué haces en la puerta, estás pescando clientes?

—Honorable legislador, anda, rápido, antes de que te vea algún familiar de tu mujer —le contesta Nena.

Hay que arriesgarse si uno desea obtener información. Observo, mido mi posición; soltero, sin novia, sin familia cercana, ¿a quién podría importarle que me meta en un prostíbulo? Además, mientras el legislador esté adentro, la policía no va a entrar. Con esos argumentos encuentro la fuerza para hacerle una reverencia a la señora y entrar. Cuando atravieso el pasillo oscuro entro a una sala con un piso de losas blancas y negras. Hay múltiples butacones tapizados de un terciopelo rojo con imágenes sensuales de damas y caballeros. Una caída de agua se escucha cerca. Camino hacia delante y descubro un patio interior con una fuente cubierta de azulejos en tonos azules. Voy hacia ella y me siento en un banco a admirarla. Un momento más tarde veo acercarse a mí una joven morena. Camina erguida, sacudiendo una melena negra de rizos sueltos. No baja la mirada cuando se encuentra con la mía; al contrario, la sostiene durante todo el trayecto. Esos ojos son un túnel en la montaña, capaces de introducir en un estado hipnótico al que la mire. La damisela se sienta junto a mí y yo me acomodo hacia la esquina del banco tratando de balancear la atracción y el temor; algo me dice que esta fruta está prohibida. Me percato de que Nena nos observa desde la puerta de madera y entiendo, por el ceño fruncido, que esta mujer es importante para ella. Esculpo su cuerpo con la mirada y me cuestiono por qué no se ha ofrecido. La joven comienza a conversar y me pregunta qué hago en la isla. Creo que piensa que soy un viajero. Le informo que soy un reportero y que vine a cubrir la noticia de Rhoads.

—¿Qué de importante tiene? —pregunta.

Le informo que está en todos los periódicos.

—Hace días que no leo periódicos —responde.

Procedo a contarle que el doctor escribió una carta en la que alega haber matado a unos isleños y enfermado a otros.

—¡Y usted cree que eso es noticia! Los españoles mataron a todos los indios que encontraron y usaron a las indias como si fueran putas baratas. Los americanos al entrar mataron a los que se oponían, y según cuenta la gente, permitieron que unos millonarios se llevaran para Hawái a unos cientos, a trabajar como esclavos. También reclutaron para su guerra otros tantos y amenazan a los que hoy día se atreven refutarlos. No entiendo su preocupación, pero la verdad, no me importa.

—Entonces, usted piensa que es perdonable lo que hizo, si es que lo hizo —le comento.

—Como médico no es perdonable. No me imagino un doctor con ganas de hacerle daño a un paciente. ¿Acaso no están los doctores para curar a uno? Pobrecitos de los pacientes que confiaron a ciegas. Sin embargo, no olvide usted que el galeno en cuestión es simplemente un hombre, capaz de ser tan bueno o malo como todos los demás… y eso no es noticia nueva.

No esperaba esa respuesta de ella, pero tampoco quiero pasar la noche en disertaciones morales. Así que le digo que tendría que explicarle demasiadas cosas y que ahora solamente quiero relajarme.

—¿Qué tipo de mujer desea? Tenemos una variedad adentro: flacas, llenitas, blancas, mulatas, negras, rubias, pelirrojas,

137

pelinegras, con pechos grandes, pequeños, nalgas prominentes, regulares…

Ha ofrecido a todas, pero no se ofrece ella. Le digo que es muy hermosa, porque lo es, y le pregunto su nombre. Esta mujer me gusta. Se me llena el cuerpo de solo sentirla cerca y no puedo evitar que mis ojos se posen sobre esas tetas que se proyectan en tímidos bultos sobre el borde de su traje azul.

—Yo no puedo escoger ser su puta. Pregúntele a mi madre, Nena. Si ella le da mi nombre, usted me puede cortejar.

Con la misma libertad con la que llegó a sentarse, se para y se aleja sin despedirse. Siento deseos de correr tras ese vaivén de caderas, lamerle las piernas pedazo a pedazo, hasta llegar a morderle las nalgas. Me siento invadido por ella. Se ha trepado por mi piel como una serpiente. Veo que ha entrado en un cuarto, desde allí me mira y sonríe antes de cerrar la puerta. He llegado aquí con la esperanza de escuchar información relacionada al caso, pero jamás pensé que quedaría embelesado en la intriga de conocer más a esta mujer. Estoy cautivado. Permanezco sentado sobre el banco, ante la fuente, y medito mientras continúo mirando hacia la puerta cerrada. Estoy en un prostíbulo. Soy un reportero que vengo de una familia de alcurnia de Mayagüez. Mi prima está conmigo aquí en San Juan y voy a partir en varios días, posiblemente otra vez a España. Me debo ir de aquí. Al salir, Nena me dice:

—Usted es bienvenido a visitar a Catalina, mi hija. Ella no trabaja de prostituta, es virgen.

La miro confundido. ¡Me la está ofreciendo! No sé qué responderle porque aún no he salido del embrujo que me ha provocado esa mulata de ojos verdes. La vida nos pone las situaciones y por más que intentemos prepararnos, cada quien responderá de diferente manera, porque nada es como lo esperamos en el día a día. Inclino la cabeza y me pierdo en la penumbra.

*

Al arribar al hotel me cruzo con los padres de Victoria. Me saludan con un abrazo y me ruegan que hable con su hija.

—No quisiera tener que meterla en el convento —me indica el padre.

—Por favor, Alphonse, mira a ver lo que puedes hacer —me ruega la madre.

Hay ocasiones en las cuales el silencio es la mejor reacción y esta es una de ellas. Es incomprensible para mí que mi tío insista en casar a Victoria. No quieren que se diga en Mayagüez que se quedó jamona; que rehusó casarse con un médico maduro, viudo con cuatro niños, pero dueño de propiedades, varias cuerdas de terreno y de un cañaveral. Como respuesta les sonrío y entro al hotel. Cuando paso frente a la habitación de Victoria vacilo si tocarle a la puerta, pero, cuando la escucho llorando, opto por seguir de largo. Quiero levantarme temprano para ir a Cidra y estoy consciente de que mañana en la noche será la fiesta de carnaval.

14 de noviembre de 1931

Una excusa

Esto es increíble, haber venido a esta jungla a embarrarme, solo porque a algún entrometido se le ocurrió abrir una carta que estaba doblada, y ponerse a leerla. ¿Por qué son todos tan entrometidos? Lo que yo escribo es meramente asunto mío y si me dio la gana de decir pestes de toda esta gente estoy en mi derecho. Me defiende la constitución norteamericana. Este es un montón de gente atrasada, que para lo único que pueden servir es para hacer estudios. El Baldoni este, que no quiere entregar el original, ¿qué intenciones tendrá? Yo sé que Celiana dirá lo que yo le diga y ya he hablado con ella; dirá que fui víctima de los vándalos la noche de la fiesta, que le hicieron daño a mi carro y me robaron unas cosas, un maletín, ¡qué sé yo, cosas! Y que salí molesto. Cuando estuve con ella ese domingo la pasamos muy bien. Es una mujer atractiva, inteligente, pero jamás me casaría con una puertorriqueña, mis padres no me lo perdonarían. Es una raza inferior; y tendríamos más seres inferiores. ¡Qué asco! Espero que ella no crea que yo estoy tomando en serio nuestro coqueteo. En la fiesta bailamos mucho y la sentí muy cariñosa. Hoy voy a seguir el consejo del jefe, voy a disculparme con el personal del laboratorio. Ya lo he practicado varias veces frente al espejo para asegurarme de que me quede bien.

*

La mañana anuncia tristeza, y en el lodo recién mojado se grabaron las pisadas profundas de los que cargan dentro de su corazón la ofensa del insulto. Uno a uno, van llegando al laboratorio, mas no con las mismas ganas de todos los días. Apenas se acomodan cuando aparece Cornelius Rhoads, con el rostro enrojecido y los ojos cristalizados. Se detiene a corta distancia de la puerta. Cuando lo miran, levanta la mano derecha, en ese gesto que hacen los estudiantes queriendo pedir permiso para hablar, y de seguido comienza. Y el doctor dice que él va a dar un corto discurso, que alguien le cogió una carta de su escritorio, que él sabe que todos han tenido una mala impresión de la carta, pero que sepan que la escribió con coraje, que es para un amigo tuberculoso, que lo perdonen, que total, la carta nunca se envió, que tiene un alto concepto de los puertorriqueños, que son trabajadores y honrados y que el laboratorio del Presbiteriano está sobre muchos laboratorios del mundo. La disertación sin respiro ocupa el espacio, y las miradas del personal amarran las palabras envueltas en el par de ojos que parecen llorar.

142

Mentir es un arte, requiere de práctica y de buena memoria. Mentir para conseguir un perdón requiere del uso del tono adecuado, bajo, ahogado. Sin embargo, Cornelius no parece convincente. Ante cada una de las excusas, las diferentes mentes de Rafaela, Aida, Monserrate, Ina, Virginia y Baldoni responden en silencio: ¿a qué escritorio se refiere el doctor?, ¿por qué alguien quiso tomar su carta?, ¿cómo se supone que no se tenga una mala impresión?, ¿qué importa si fue con o sin coraje?, las palabras no conocen de emociones, solamente las provocan; ¿qué importa que el amigo esté tuberculoso?, ¿acaso alguna línea de la carta decía palabras de aliento para su enfermedad y nadie se dio cuenta?; hay que ser bien cínico para excusar la carta con la falta de envío, y es maravilloso ver las mentiras que se logran con un buen ensayo; ahora somos lo mejor del mundo.

Todo ocurre en un breve instante, e inmediatamente Rhoads se aleja. El silencio se quiebra lentamente, como la superficie congelada de un lago cuando recibe el golpe de una piedra. Se escucha el llanto aspirado de Monserrate y las palabras susurradas de Rafaela, quien recurriendo a su religión, balbucea: "Perdónalo, señor, y ayúdame a perdonarlo".

Baldoni se levanta molesto y preocupado. No cree en el arrepentimiento y tiene temor. La respuesta del director ha sido de indiferencia. Se excusa y sale del laboratorio. A lo lejos divisa a Rhoads y el eco del pasillo le trae la disculpa que le está brindando a la señorita Sanjurjo, la misma que momentos antes le ofreció a ellos.

En la tarde el doctor regresa al laboratorio. Decidió conversar directamente con Baldoni pues se percató de que es quien más coraje tiene. A los demás los siente más condescendientes, incluso le han sonreído, aunque fuera a medias. Sim embargo, no ha podido encontrar a Baldoni. Los compañeros le informan que se fue temprano con la excusa de no sentirse bien. Cornelius se desconcierta. Camina varias veces por el pasillo, pasándose la mano por la frente y hablando entre dientes. Se detiene por un momento y luego sale a conversar el asunto con Galbreath. El director lo recibe calmado y le comenta, no sin antes reclamarle su error, que debe buscar a Baldoni, pues le preocupa su actitud.

—Debiste haber roto la carta. Si es tu opinión, pues que lo sea, pero dejarla escrita es una brutalidad y si no consigues ablandarle el corazón a Baldoni y ponerlo de tu lado vamos a perder este estudio. Porque no solo te irías tú, nos tendríamos que ir todos —termina diciéndole Galbreath.

Rhoads se retira de la oficina, apresurado, tenso. Va directo a sus archivos y revisa el expediente de Baldoni. Identifica que es de Utuado, un pueblito bastante lejos de la capital, pero vive en Santurce mientras trabaja en el laboratorio. Con la mano temblorosa anota ambas direcciones en un papel y sale sudoroso hacia la calle a encontrarse con Quintín, el chófer de Galbreath. El jefe le autorizó que lo ocupe para que encuentre a Baldoni.

Quintín está hablando con sus amigos sobre la fiesta de Navidad que van a hacer. Están repartiendo lo que cada esposa va a cocinar cuando llega Rhoads a explicarle que lo necesita. El hombre se despide, no sin antes ofrecer un arroz con dulce porque a su esposa le queda muy bueno.

Primero van a Santurce atravesando pequeños espacios de pobreza en los que los niños, en su mayoría negros, juegan en la calle descalzos y sin camisa, mientras en la esquina, un colmado sirve de lugar de reunión a los hombres del barrio. Cuando arriban a la dirección que tiene Rhoads, un viejo con la cabeza canosa y vestimenta descuidada les informa que el joven Baldoni no se encuentra, pues ha decidido ir a ver a su familia. Rhoads no esperaba tener que ir al pueblo natal del empleado, pero se resigna a hacerlo. Regresa al auto y le ordena a Quintín que prosiga hasta Utuado. El chofer hace una mueca de fastidio, pero sabe que tiene que ir. Por el camino apenas conversan. Cornelius mira los montes sembrados, busca distraer la mente, pero no logra quitarse la preocupación de encima. Le da vueltas a la situación y se pregunta varias veces cómo pudo ser tan estúpido para dejar la carta sobre el escritorio.

144

A las siete de la noche entran al pueblo. Por ser sábado la plaza está llena de gente. Las jóvenes, con sus hermosos vestidos fruncidos a la cintura, caminan alrededor de la plaza, todas juntas, mientras las chaperonas las velan desde los bancos. Los varones caminan en sentido contrario de forma tal que de vez en cuando se encuentran y los jóvenes aprovechan para lanzarles adulaciones. Cornelius le pide a Quintín que se detenga. Mira uno a uno a los varones en la plaza, pero Baldoni no está entre ellos. Entonces decide seguir hasta la otra dirección que tiene anotada en el papel, la que se supone sea la residencia de Baldoni junto a sus tías. Luego de dar varias vueltas y de preguntarle a un jíbaro del pueblo, llegan frente a la casa. Cornelius se baja junto al chofer y se acercan. Sentadas en el balcón hay dos ancianas meciéndose en sendos sillones de pajilla, mientras tejen a gancho centros de mesa. Llevan horas comentando entre ellas sobre los puntos de tejido que utilizan.

Quintín y el doctor se acercan al balcón, suben los tres peldaños laterales y saludan a las féminas. Las viejas no reconocen aquellas caras y miran con curiosidad al anglosajón alto, con los pómulos enrojecidos.

—Buenas noches, señoras, ¿se encuentra el señor Baldoni por ahí? —pregunta Quintín.

—¿Y quién lo procura? —le contrainterroga una de las señoras.

—El jefe. Este es el jefe de él —aclara el chófer mientras señala al doctor.

Las señoras permanecen en silencio. No comprenden por qué el jefe ha llegado hasta Utuado a hablar con su sobrino. Desde adentro salen otras dos ancianas. El chofer vuelve a preguntar por el sobrino. Ante la insistencia, las damas preguntan si le ha pasado algo a Baldoni, y Quintín les contesta que no, que el jefe solamente quiere conversar un asunto reciente. Entonces lo invitan a pasar a la sala y le ofrecen café. Cornelius se sienta en una de las dos mecedoras de caoba con asientos y respaldar en pajilla, mientras dos de las ancianas se sientan en el sofá. Rhoads le pide a Quintín que le traduzca, y les comenta a las ancianas lo bonito que le parecen los muebles. La más conversadora le cuenta que son herencia de sus padres. La conversación es forzada y en múltiples ocasiones permanecen mirándose, en silencio. La sala huele a ropa guardada de muchos años y a Rhoads le produce asco. Agradece el café y lo toma negro, sin azúcar, para suerte de las ancianas que no tienen leche. Avanza a tomarse el pocillo y se despide. Una vez en la acera deciden dar otra vuelta en el carro con la esperanza de que Baldoni aparezca. Varias veces durante la noche le dan vuelta a la casa hasta que deciden estacionarse en un punto estratégico desde donde puedan ver cuando el joven llegue. A las nueve y media de la noche las ancianas cierran la

puerta del frente, apagan las luces y se retiran a dormir. Entonces Cornelius acepta que Baldoni no está en Utuado y le ordena
a Quintín que regresen a San Juan.

15 de diciembre de 1931

De regreso

En el cristal de la ventana del apartamento se puede sentir 147
el frío que arropa las calles de Nueva York. Cornelius mira hacia
la avenida y su vista se pierde entre la gente cuyas caras apenas
son visibles dentro de la envoltura del abrigo. Esos abrigos que
servirán para clasificarlos, según el precio. Las doñas elegantes
se mueven a paso lento exhibiendo las pieles de temporada.
Cornelius está perdido en la meditación. De pronto, se enfoca
en el anuncio que recibe a los clientes del pequeño colmado
que está al cruzar la calle, en el que un rebosante Santa Claus
con su vestido rojo, pero esta vez con cachetes también rojos,
anuncia: *My hat's off to "the pause that refreshes"*. No tiene sombrero, por supuesto, y Cornelius sonríe ante la realidad. Cinco
días atrás la Navidad se vestía de *le lo lais,* de vírgenes y santos,
abanicos de mano, baile y pitorro. El 10 de diciembre terminó
esa Navidad abruptamente cuando, sin despedirse, abordó el
barco que lo trajo a Nueva York. A vivir en este frío que lo
inunda por dentro y por fuera, y que le permite mirar con des-
dén, y desde lejos, el revuelo que causó su carta.

Mientras observa a un hombre que camina lentamente por
la calle, cargando una valija, la memoria se remonta al día en
que decidió partir. Recuerda el momento en que se detuvo a
revisar si tenía todo en las maletas: la ropa, los accesorios perso-
nales, las libretas con los apuntes del estudio del Presbiteriano,
todo el equipo. Esa madrugada había estado en el hospital.
Abrió el candado de su clóset privado donde tenía los platos de

experimentación, las agujas, los potes y las libretas. Sacó todo y lo echó en un bulto para luego ponerlo en su equipaje. Se detuvo a pensar que no tenía los apuntes de Celiana, pero se convenció de que ella se los enviaría por correo. Ella no le iba a fallar. Con esa seguridad terminó de recoger.

Se detiene ante la ventana y ve su reflejo en el cristal, ante la noche. Mira hacia la calle sin ver. No se detiene en nada ni nadie. Piensa, medita, recuerda.

"Esa noche bailamos tanto. Es grato recordar su cuerpo pequeño, delgado, caliente, y la mirada brillosa de sus ojos, como niña ante un regalo; pero esto no funcionaría. Un irlandés como yo, enteramente blanco, jamás debería considerar unirme a un ser inferior. ¡Ese estúpido de Luis Baldoni! ¡Por qué no entrega la carta original! Nos jodió todo este proyecto de la Fundación, pero sobre todo me bloqueó la oportunidad de brillar. Yo, que hasta sangre doné para que se viera la buena intención… No puedo comprender por qué él no puede ignorarlo todo y olvidarlo. Yo no me refería a él. Traté de hacérselo ver; de hecho, lo fui a buscar a esa mierda de pueblo, casi cuatro horas de viaje con ese tonto de chofer. Y cuando llegamos fue un sacrificio el café soso y la peste a viejas con ropa guardada de mucho tiempo y sin lavar. Ese estúpido definitivamente me ha jodido la vida.

El 18 de noviembre, cuando recibió el telegrama que le informaba que la tía Lola estaba grave y me lo enseñó para pedirme permiso para irse, yo juré que me ganaba su buena fe al ofrecerle diez pesos para que fuera. Cuando llegó el fin de mes y vino a pagarme yo no podía creer que, aunque me negué a aceptarlo, él insistiera. Hasta que el muy imbécil me dijo: 'Lo único que me interesa de este trabajo es el cheque, la paga'. Me dieron ganas de caerle encima y hartarlo a puños; lo hubiera matado. Debí matarlo.

He tratado de ser amable en estos días; ya no maldigo y soy estúpidamente cortés. Trabajo me ha dado. La verdad es que el día en que vino a verme y me pidió permiso para ausentarse porque tenía gripe y fiebre, pude ver en sus ojos y en sus gestos esa distancia entre nosotros, su desconfianza, su temor. Ese día supe que me tenía que ir. Bueno, ya los jefes me lo habían sugerido".

Podemos decir lo que queramos, pero en realidad no podemos mentir. El cuerpo habla sin palabras: la mirada brilla en la alegría y se opaca en la tristeza; los ojos abren sus espacios en la sorpresa y se cierran en las esquinas con la intriga y la sospecha; la frente frunce el ceño a la confusión en la pregunta y a la preocupación; los labios se abren para el amante o la sorpresa, se cierran ante el silencio, tiemblan ante el miedo y se muerden en la duda; miramos al suelo en la vergüenza o en la veneración; doblamos la espalda a la derrota y nos pueden sudar las manos ante el nerviosismo.

El hombre de la valija camina mirando el suelo con el torso doblado. Cornelius se pregunta si está llegando o va a partir de la ciudad. Sabe que siente vergüenza, que está derrotado, pero no puede conocer desde su ventana si está presto a aceptar la metrópolis o a abandonarla. ¿Qué llevará en su valija? ¿Hacia dónde se dirige? ¿Habrá escrito alguna carta comprometedora?

Ese día, cuando él me dio la mano, estaba fría; aun ante la fiebre. Entonces comprendí que la llamada de mi amigo Garrido era importante. El 8 de diciembre me llamó por teléfono para alertarme de que en la reunión celebrada la noche antes en la Asociación Médica se había discutido el asunto de la carta. Eso, junto a todos los comentarios, me convenció de que me tenía que ir. Salí del laboratorio con la excusa de buscar unas muestras y me fui a preparar las maletas. Luego les envié un aerograma diciéndoles que me había tenido que ir porque tengo un tío enfermo.

El hombre de la valija se detiene por un instante, endereza el cuerpo, levanta la cabeza y observa a su alrededor; luego alza la vista y dirige los ojos hacia el cristal desde donde Cornelius lo observa al otro lado de la calle. En la distancia, se pierde

149

la mirada, pero se percibe el dolor. Cornelius siente que debe alejarse de la ventana, que aquel hombre no debe saber que él lo está mirando. Se aleja rápidamente y apaga la luz de la sala. "¿Me habrá visto?", se pregunta.

29 de diciembre 1931

Una renuncia

La desconfianza ha ido *in crescendo* y Luis Baldoni decide renunciar. No puede comprender la actitud de los demás, ni por más religión que exista. Poner la otra mejilla no es una opción en este caso. No puede existir el perdón para alguien que confiesa haber matado, o intentado matar a otro ser humano. De aquellos diez mandamientos que ha escuchado en boca de sus amigos, está claro que "no matarás" es uno. Y en el mundo espiritista en el que se crio, la pena de muerte se ha condenado siempre. No hay excusa para matar. Es incomprensible que ni siquiera los superiores responsables del equipo de la investigación le presten atención. Él no puede aceptar esa situación. Se vuelve intolerable trabajar al lado de esos hombres, que en cada *Good morning* posiblemente encierran múltiples maldiciones. El temor lo arropa desde que se entera de la insistencia del doctor por ir a Utuado a buscarlo y hasta esperar por él. Aunque ya no esté, quedan los demás. La forma en que lo miran le infunde un aire de vulnerabilidad. Esa mirada es una lucha de odio queriendo proyectar simpatía. Se les nota en las esquinas caídas de los ojos en contraste con la sonrisa. No puede continuar en el laboratorio; teme por su vida. Recoge sus cosas del escritorio, hace la maleta, cancela el arrendamiento del apartamento y se marcha hacia su pueblo.

151

*

En esta fría mañana en las montañas de Utuado, Luis se sienta a la mesa del comedor de su residencia a escribir la carta de renuncia; respira el olor a café que le prepara una tía. Dialogó la situación con las tías y ellas lo apoyan. Sobre la mesa, como testigos, descansan las pertenencias que trajo de su área de trabajo en el laboratorio: una piedra de los montes de Utuado, que tiene un dibujo de lo que parece un mono sin rabo, el plumín que le regaló Dolores cuando comenzó a trabajar y un retrato de él parado junto a su novia. Lo demás son papeles que piensa botar. Levanta la piedra y la examina, mientras recuerda la última mirada hacia la puerta del clóset de Cornelius. Siempre se preguntó qué guardaría ahí dentro con tanto celo. Ya nunca lo sabrá, pero lamenta no haber sido más atrevido. Tal vez allí estaba la respuesta a la carta, la explicación de muchas cosas. Ahora no quiere pensar en ello. Está bien lejos de ese lugar y aquí se siente seguro, protegido, entre los suyos. Está confiado de poder encontrar otro trabajo.

Medita el tono de su carta, y cuando se siente seguro se dispone a redactarla. Dirige la misiva al doctor William B. Castle y a los "jóvenes del laboratorio del Hospital Presbiteriano". Piensa por largo rato mientras, entre tanto y tanto, sorbe el café negro. Tía Ysabel se sienta a su lado a preguntarle qué va a escribir. No se contenta con la respuesta de "la carta de renuncia". Luis no quiere contarle todos los detalles que piensa exponer porque la anciana no tiene salud para tolerar asuntos tensos. Opta por detenerse un momento y busca cambiarle la conversación.

—Y qué, tía, ¿qué se cuenta de la gente por aquí? —le pregunta, sabiendo que ella se conoce la vida de todos y le divierte contarlas

—Ay, mijo, si te cuento ni acabo. Mira, doña Luisa, ¿tú te acuerdas de ella? Sí, la viuda que tiene el bazar en la esquina. Pues mira que en estos días vino por aquí a hacer una sesión espiritista con Dolores porque tiene un problema grave. —Se acerca a Baldoni y le susurra al oído—: le han desgraciado a la hija. ¡Tan bonita esa muchacha! Ella no dijo, pero se comenta por ahí que fue el hijo del dueño de la hacienda Cafetal.

—Es otra tragedia —murmura Luis, sin énfasis. No le interesa el tema y quiere terminar su carta—. Tal vez deberías ir a visitarla para darle apoyo. Ella es tu amiga. Mira, ahora en la mañana es el mejor momento. No mucha gente visita la tienda a estas horas y podrías hablar más con ella y darle consuelo.

—Mijo, tú tienes mucha razón. Voy ahora mismo antes de que lleguen las viejas chismosas haciéndose pasar porque quieren comprar unas telas.

La tía se retira a su habitación y minutos más tarde sale con su bolso. Luis le sonríe y retoma el asunto de la carta. Comienza por dejarles saber a los miembros del laboratorio y al doctor que: "Mi dignidad y mi honor me impiden continuar en ese sitio". No puede controlar su deseo de criticar a las mujeres, y les señala que: "Jamás creí que la mujer puertorriqueña se manchara con la adulación y llegara a su debilidad de olvidar las ofensas y los agravios de nuestros mandatarios". Le resulta increíble que la falsa sonrisa y las excusas tardías hayan podido borrar de sus memorias lo que el doctor escribió. No, no puede aceptarlo, y lo vierte en la carta sin tapujos, dejando saber que es nacionalista y que como tal le es imposible "recibir el castigo de rodillas". Revisa la carta varias veces. Ha escrito lo que quería escribir. En esta misiva ha encontrado un desahogo. Es una catarsis necesaria. Claro, hubiera preferido decirles cara a cara todo lo que siente. Lee la carta varias veces. Corrobora los pensamientos. La vuelve a leer, esta vez en voz alta. Repite el proceso hasta que se convence de que su mensaje está claro. La coloca dentro del sobre y se dirige al correo.

Apenas puede contener la frustración. No puede racionalizar que las personas no son todas iguales y responden de manera diferente a la misma situación. Intenta aceptar que la necesidad económica parece haber tenido mucho peso en la decisión de sus compañeros. Sin embargo, ya no quiere buscar explicaciones sobre la conducta de los demás; tiene bien claro su próximo paso, el mismo que dialogó con sus tías: presentarle la carta original al "Maestro".

*

Varias millas lejos de él, en el laboratorio, las muchachas hablan sobre los festejos de la despedida de año y discuten las diversas preparaciones. Todas serán fiestas entre familia. La comida es el tema principal. Mejor que sobre y se pierda, a que falte. Los músicos serán todos del barrio de cada quien. Entre estos comentarios se filtran los rumores de que el estudio va a terminar, ya que después de que Rhoads marchó otros miembros del grupo también se fueron. El único que resta es Castle. Hay un momento de preocupación, pero no pueden permitir que las fiestas navideñas se opaquen. Cada uno ofrece un consejo diferente para buscar empleo. Una de las chicas considera incluso coser desde su casa. La industria de la aguja va en crecimiento y sabe que siempre tendrá trabajo, aunque no sea tan bien pago como el que tiene ahora. Otra tiene más urgencia que las demás porque está ayudando a su familia, que son tabacaleros del centro de la isla. El monopolio norteamericano de la industria del tabaco ha regulado tanto los precios que los agricultores del tabaco en Puerto Rico han decretado un paro en producción por un año. Buscará trabajo en lo que sea, hasta de lavandera en el río, si es que no encuentra otra cosa. A otras les preocupa poco, puesto que cuentan con un esposo o familia que las mantenga.

154

2 de enero de 1932

Ante el partido

El año apenas comienza y esta tarde se encuentran reunidos en el comité nacionalista de San Juan un grupo de miembros junto al presidente del Partido Nacionalista, Pedro Albizu Campos. Es una junta de hombres. Hay varios asuntos a considerar. La reunión comienza con el informe sobre el aumento en la matrícula del ejército del Cuerpo de Cadetes de la República, en el que se ha logrado reclutar más miembros de La Asociación Patriótica de Jóvenes Puertorriqueños. Todo ejército tiene que estar bien entrenado, presto a la batalla, y por ese motivo el presidente estableció que este grupo tiene que tener disciplina, muy buena condición física y una entrega firme a la patria.

Uno de los miembros de la junta trae a discusión la situación económica del país. Muchos de sus amigos del barrio están en riesgo de perder sus fincas. Los daños causados por el paso del huracán San Nicolás en septiembre del año anterior no les ha permitido obtener el ingreso para cumplir con las hipotecas. El presidente del partido se ha manifestado sobre ese asunto en varias ocasiones.

—Mira, Juan —dice Albizu—, en la reunión que tuvimos en la Plaza Degetau de Aguadilla, exhorté a los agricultores a que se resistan al embargo del *Federal Land Bank* de Baltimore, y a que hagan una huelga contributiva.

—Algunos no se atreven —le comenta Juan.

—Hay que meterles ganas —insiste Albizu—, no podemos permitir que terminen más pobres aún. Yo me niego a aceptar que, en una isla con una población de un millón setecientos mil habitantes, tengamos un millón doscientos mil recibiendo alguna ayuda.

La tarde avanza mientras discuten las políticas para conseguir el apoyo internacional a favor de la independencia, e identificar formas de despertar el compromiso de la población para que no apoye al Gobierno colonial.

Se suman ideas para fomentar la preservación de la cultura del puertorriqueño y evitar toda influencia norteamericana. Ya han logrado que los niños se resistan a hablar inglés en las escuelas y que se hagan los distraídos cuando se saluda la bandera americana. Al jíbaro no hay que empujarlo mucho puesto que, de todas formas, no sabe inglés y no le interesa.

Luis Baldoni se acerca de forma pausada al lugar donde está reunido el comité, bajo el brazo derecho lleva un sobre grande, cruza la calle frente a la sede y sube los escalones del balcón. Un miembro del partido asignado a la puerta le pone la mano sobre el pecho y lo detiene. No puede entrar.

—¿Quién es usted y qué desea? —le pregunta a Baldoni.

—Soy Luis Baldoni, miembro del partido. Vengo a reunirme con Albizu, ya le avisaron sobre mi visita. Es un asunto importante —le dice calmadamente, pero con voz profunda.

El oficial le abre la puerta y le indica que espere sentado en una de las butacas de la sala. Desde el asiento, Luis aprecia que es una casa del pueblo, como muchas otras; frente a él está el comedor y el pasillo a su mano izquierda conduce a la cocina, al baño y a otras dos habitaciones. Directamente a su izquierda hay una puerta que abre a una habitación mayor. Escucha salir la voz del Maestro. Suena firme, disgustado.

—¡Yo dije desde el principio que no! Cuando Pablo propuso emitir bonos sobre el Tesoro de la República de Puerto Rico para obtener fondos para la campaña electoral, yo argumenté que no era una buena idea para este momento. Hay que esperar a que exista una conciencia nacionalista más grande. A que la gente nos apoye abiertamente, sin miedo. He visto que cada día son más los que se detienen a escucharnos, los que se me acercan para darme las gracias por servir de voz para el pueblo. Sin embargo, aún no son suficientes como para lanzarnos en ese proyecto de los bonos. Ahora bien, yo acato lo que la junta decida y si la mayoría decide que sí, pues pongámoslos a circular.

A partir de ese momento las voces bajan, parecen susurros. Afuera en la calle la herradura de los caballos provoca una música en sincronía y el viento de la tarde levanta el polvo tras el galope. Mientras espera, Baldoni cabecea por corto tiempo y se despierta con el chirrido de la puerta al abrir; y observa el desfile de los miembros de la junta retirándose. Se levanta de la silla y se acerca a la puerta para explicar su intención. Albizu lo llama desde adentro. Escuchar su voz fuerte y segura flotar por encima de la multitud lo ha convertido ante el joven de Utuado en un Goliath. Y ahora, parado frente a él, se percata de su verdadera estatura, de lo ancho de su frente, de los ojos sumidos protegidos por unos pómulos morenos que se amarran en una quijada cuadrada y reciben tiernas cosquillas de un bigote negro, espeso. Su mirada habla, escudriña la intención y el pensamiento. Baldoni se siente incómodo. Con un ademán, Albizu le indica que tome asiento, después de darle un apretón de mano.

—Diga usted, Baldoni, ¿en qué puedo ayudarlo?

—Pues, don Pedro, en el lugar en que yo trabajo ocurrió una situación muy seria. Yo me puse a contárselo a mi tía Lola, Casta Dolores Baldoni; no sé si usted la conoce —comienza a narrar el joven en voz baja.

—Claro que he escuchado de ella. Ha escrito mucho para la abolición de la pena de muerte —le dice Albizu, mientras escudriña la cara del joven.

—Pues ella me aconsejó que le trajera esto a usted.

Luis abre el sobre grande, saca la carta y se la entrega a Albizu. Él la toma entre sus manos y comienza a leer. Baldoni observa cómo el Maestro frunce el ceño y se levanta a caminar junto al escritorio mientras se pasa la mano por la frente y se le agita la respiración. Cuando termina, azota la carta sobre el escritorio y comenta con ira:

—¿Esto es una broma? Porque para broma es muy pesada. ¿De dónde salió esto? ¿Quién es este gringo que se cree con el poder de insultarnos de esta forma? ¿Qué poder le han entregado que lo hace sentir que puede escribir esto? —increpa con mucho disgusto mientras continúa caminando por la habitación.

158

—Es la carta que escribió el doctor Rhoads. He decidido traérsela a usted porque nadie le ha prestado atención.

Albizu continúa iracundo, respirando hondo. El joven le cuenta los detalles de la formación del comité de médicos y todos los pormenores de la Comisión de Anemia. Albizu se sienta, escucha atento e incluso rehúsa partir a la hora programada. Cuando Luis termina de contarle, él le dice:

—Ahora mismo vamos a ver al licenciado Paniagua Serracante para que hagas una declaración jurada. Sí, antes de que a alguien se le ocurra decir que esto es un invento de nuestro partido. No podemos permitir que esto quedo oculto bajo la cortina de mentiras del Gobierno opresor. Lo llevaremos a la prensa nuestra y a la del mundo entero.

Inmediatamente Albizu ordena hacer varias copias de la carta y enviarla a todos los periódicos locales, al Papa, al gobernador, a todos los presidentes de América Latina, a Cuba y a Santo Domingo.

—Yo quiero que todo el mundo sepa de lo que son capaces estos gringos.

25 de enero de 1932

Un asesino

Entre estibas de papeles y expedientes, Beverly intenta organizar lo que será su tiempo como gobernador. Ha sido nombrado por el presidente Hoover, quien entiende que Beverly es un candidato idóneo porque tiene la ventaja de dominar el idioma de los isleños; lo que le ha permitido comunicarse mejor con la gente. Hasta ahora estaba laborando en Puerto Rico dentro del Departamento de Justicia y tiene el compromiso de crear un colegio de abogados y de conseguir legislación para prohibir la importación, siembra, venta y compra de la marihuana. Tiene la cabeza llena de asuntos complejos sobre el desarrollo económico y político de la isla. Por eso, lo menos que espera esta mañana es una visita del coronel de la policía, Lutz.

Luego de que lo anuncian, el oficial entra al despacho, saluda a Beverly con un apretón de manos y se sienta en una de las butacas frente al escritorio. Ya se conocen de haber colaborado juntos en varios casos, y el gobernador sabe que tiene que ser algo importante para que llegue a verlo personalmente. Lutz saca un periódico que ha mantenido bajo el brazo izquierdo y despliega la portada encima del escritorio. Ante los ojos del gobernador se encuentra un titular.

2¢ Florete semanario festivo
25 de enero de 1932 Tel 1260

OCHO ASESINATOS EN EL HOSPITAL PRESBITERIANO
   Un médico norteamericano, presunto matador, inició así la obra de exterminación puertorriqueña. En una carta, confiesa su crimen múltiple, calificando a los puertorriqueños como la raza más sucia, holgazana, degenerada y ladrona del mundo.

160

—¡Esto no es posible! —exclama el gobernador.

—Si hubieras salido a la calle hoy en la mañana te habrías enterado. Todo el mundo habla de lo mismo —le dice Lutz.

Beverly apenas escucha al coronel pues está concentrado leyendo la noticia. No concibe cómo es posible que alguien sea capaz de escribir cosa semejante, y menos un médico. Por un momento medita que debe ser una broma, algún movimiento revolucionario que pretende provocar a las masas. Es entonces cuando se abre la puerta de la oficina y un asistente se le acerca a entregarle la carta enviada por Albizu, y que incluye una copia de la carta original. Frunce el ceño, levanta la mirada y le pregunta al coronel su opinión.

—A mí me parece una situación loca, pero si el hombre lo escribió debemos hacer algo.

—Es un norteamericano, me parece increíble —apunta Beverly—. Quiero una investigación de inmediato. Este asunto hay que resolverlo de inmediato. ¿Tú te imaginas las protestas que Albizu podría organizar con esta cuestión? Este hombre convoca multitudes para que lo escuchen. Si no conseguimos aclarar esto rápidamente podríamos tener una revolución —dice, mientras se levanta de la butaca y dirige al coronel hacia la puerta.

*

Afuera en las calles habita la indignación y el coraje recubiertos de un abrigo de orfandad. Y hay quienes no han podido reaccionar al insulto, acostumbrados a sentirse menos; por ser negros, mulatos, pobres… reciben el insulto como uno más, de otro jefe que no es el propio. Las voces de los comensales de la Bombonera no hablan de otra cosa:

—Mira el gringo este, ¿cómo es posible?

—No, eso no es verdad, los americanos siempre nos han ayudado.

—Eso pasa porque los han expuesto a manejar a esa gentuza pobretona.

—De que hay vagos y sucios, no podemos desmentirlo.

—¿Y tú justificas que los mate?

—Eso son exageraciones.

—¿Cómo le vas a creer a este semanario? —Cuando lo diga *El Mundo* o *El Imparcial* lo creo.

—Sometidos, somos unos sometidos.

—Eso es idea de los nacionalistas.

—¿Querían gringos? ¡Ahí tienen gringos!

—Eso no es político.

—A ver qué hace el gobernador con eso.

—No les bastó con invadirnos y devaluarnos la moneda.

—Ni con querer imponernos el inglés a la fuerza.

—No hablen tonterías, esto no puede ser cierto.

Todas las voces callan cuando entra un militar norteamericano al local. Luego reanudan el tema en voz baja, cada quien en su mesa.

*

Virginia, que ha sido la sirvienta del fiscal Quiñones por varias décadas, le lleva el café al balcón. Es un ritual de todos los días, después que termina el desayuno adentro en el comedor. Bajo el brazo derecho lleva los periódicos para el fiscal, e intencionalmente, luego de colocar la bandeja con el café sobre una pequeña mesa y acercarla al sillón, le coloca los periódicos con el *Florete* sobre todos. Ramón se sienta en la mecedora, se pone los espejuelos, levanta la taza de café y comienza sorber mientras levanta el primer periódico para leer la primera plana. Cuando lee el titular se acomoda en el sillón, devuelve la taza a la bandeja, lee la noticia rápidamente y regresa hacia adentro de la casa. Sabe que tendrá demasiado trabajo, y la opinión pública sobre sus hombros. Afuera en el balcón el café lanza el humo al viento, presto a desaparecer como lo hará la confianza del pueblo. Esta noticia no es de política o de avances en la isla; esta simplemente reproducía una carta que delata un crimen y el fiscal sabe que eso provocará la desconfianza de todo un pueblo. Tiene que poner a todos a trabajar, tiene que hacer una investigación para validar la veracidad de la noticia.

26 de enero de 1932

Cuestionar

Sentados en el área de recepción de la oficina del fiscal están algunos deponentes citados a toda prisa el día anterior por el capitán de la policía y el jefe de detectives. A Miranda, el director del semanario *Florete*, lo abordaron justo cuando llegaba a su oficina; al doctor Galbreath, doctor Castle, la señorita Ramis y el señor Pomales se les acercaron en el hospital cuando se encontraban trabajando. Hoy, todos esperan en el mismo espacio y al único que el grupo en general no conoce es a Manuel. Y es precisamente quien se levanta para presentarse ante los demás, con la intención de conocer sus nombres.

—Manuel Antonio Miranda, director del semanario *Florete*, a sus órdenes.

Un intercambio de miradas ocurre sin programarse. Castle recibe el apretón de mano y retira la suya inmediatamente para cerrarla en un puño sobre su falda. Su cara ha perdido toda línea de expresión y aprieta la quijada del coraje cuando recuerda que es ese el periódico que reportó el asunto. La señorita Ramis se percata de que Castle está molesto. Procede a sentarse derecha en su silla cruzando las piernas, con la mirada enfocada en el patrón de tabla de ajedrez que le ofrecen las losas blancas y negras que recubren el piso. Galbreath adopta una actitud de aburrimiento, la misma que se puede tener en cualquier fila no importante.

Al fiscal le impresiona sobremanera la actitud de Castle. No comprende cómo es posible que no haya visto la carta y que no mostrara interés por verla, cuando fue él quien sustituyó a Rhoads, en diciembre, en la conferencia ofrecida por la Asociación Médica. Ellos retiraron el nombre de Rhoads cuando comenzaron a circular los rumores de la carta. El fiscal repite la misma pregunta de diversas formas:

—¿Cómo es posible que usted no ha leído esta carta? Si me dicen que todos sus colegas del hospital la han visto.

Pero los intentos para obtener alguna reacción de Castle son infructuosos y el fiscal opta por rendirse y concluye que Castle prefiere ignorar la situación para no manchar su futuro profesional.

El último en deponer es Manuel Antonio. Entra con una actitud casual; no hay temor en sus gestos. Se sienta recostando la espalda sobre el espaldar de la silla y cruza las piernas al mismo tiempo que coloca sus brazos sobre los antebrazos del mueble. Parece que va de visita a charlar sobre cualquier trivialidad. Luego de entrevistar a Galbreath, el fiscal está iracundo y frustrado. Se molesta más aún con la actitud de Antonio. ¿Para qué levantar todo este revuelo? ¿Con qué evidencia? Los intentos por intimidarlo son infructuosos, pues Manuel Antonio lleva con él sendas copias de la carta publicada y de la declaración jurada de Baldoni. Tras presentarlas se levanta de la silla con un aire de despreocupación, le extiende la mano al fiscal y le dice:

—No hay verdad que se pueda ocultar y mi semanario no es centro de propaganda. No me importa a quién le pueda molestar, yo seguiré publicando la verdad. Le deseo la mejor de las suertes en su investigación.

El fiscal lo deja ir, reconociendo que hay un asunto para investigar. Inicialmente pensó que podría invalidar la carta, reclamar que era de otra persona y no del médico, pero la carta original existe y eso lo limita. El gobernador le pidió que lo desparezca todo, pero no puede. Recoge sus notas y, meditando sobre las implicaciones políticas del asunto, sale de la oficina a

164

reunirse con Beverly. Una vez en la Fortaleza de Santa Catalina, y sentado en uno de los grandes y mullidos butacones, le informa el resultado de su investigación inicial.

—¡Pero qué cosa más increíble! Mantuve la fe de que usted pudiera diluir la situación, minimizarla. Ya veo que no ha podido. Voy a tener que presentar este asunto al presidente. ¿Usted está seguro de que esto no es un fiasco? —comenta Beverly.

—No, señor gobernador —responde el fiscal—. La carta original existe y está en manos del Partido Nacionalista, o mejor dicho, de su presidente, Albizu. Pero tenemos una copia de la carta y del afidávit, de manos de un abogado muy serio, con la declaración de un tal Baldoni.

Un viento fresco entra por la ventana mientras el fiscal suda por la presión que le impone el gobernador. Tiene que movilizar una comisión inmediatamente. El asunto hay que aclararlo y hacerlo desaparecer cuanto antes. El pueblo está revuelto. Ante este problema reconoce que no tiene dominio del idioma médico, así que necesitará a un galeno junto él. Tras meditar mejor la situación, y para que no exista duda en el pueblo, opta porque sean dos: uno por el Departamento de Sanidad y otro propuesto por la Asociación Médica. El doctor Garrido y el doctor Morales fueron escogidos, respectivamente.

30 de enero de 1932

Una vida

Un gallo se proclama dueño de la madrugada y su canto   167
abre la cortina de sereno que cubre esta vieja ciudad amurallada. Abro los ojos y enfoco para definir el bulto de una chaqueta
que cuelga de la puerta. Por un momento pienso que hay un
hombre en la habitación y me incorporo con tal rapidez, que
quedo sentado en la orilla de la cama. Una vez sentado, me doy
cuenta de que es el atuendo que debo vestir hoy en la noche
para la fiesta del carnaval. Un fastidio del que no he podido
librarme. Ya estoy despierto y opto por asearme y vestirme para
comenzar el día. Es buena hora para ir a desayunar a la Bombonera. Victoria no tiene hábito de desayunar y aborrece que la
despierten muy temprano, así que me voy solo.

La calle está desierta, apenas se encuentran los que sirven
leche a los colmados. Hay una belleza especial en las viejas
ciudades cuando están vacías de gente. Ellas están vivas sin nosotros. Ellas han armado luchas y amores dentro de las líneas
de sus adoquines, y en cada tejado se han sellado las imágenes
del mar y también de la distancia en los ojos que han caído
allá, en lo alto. Ellas graban en sus calles el peregrinaje de los
creyentes, los paseos de los amantes, la marcha pesada de los
revolucionarios. Ellas nos abrazan para dejarnos sentir su historia con cada paso.

El olor a pan horneado podría llevarme directo hasta el local
con los ojos cerrados. Entro y me siento a una pequeña mesa.
Escucho que me llaman; es Nicanor, el español del otro día.

—Alfonso, has madrugado hoy —me comenta.

Le aclaro que tendré un día bien largo y por eso comencé tan temprano.

—Anda, hombre, ven y siéntate conmigo.

Le acepto la invitación, pues la conversación estuvo muy amena el otro día. Me mudo hacia su mesa y ordeno un café con un pedazo de pan. Inmediatamente, Nicanor aborda el tema del médico. No tengo ganas de hablar de eso, así que trato de esquivar todas las preguntas. No hay forma de saber si la intención es del todo inocente cuando le preguntan a uno sobre el reportaje que uno está haciendo. Por otro lado, él habla durísimo y no sé quiénes se encuentran en las otras mesas. Me resisto todas las veces. Eventualmente él se da por vencido y decide comentarme detalles de la política local.

—¿Tú sabías que el hombre que trajo todo este revuelo es el licenciado Pedro Albizu Campos? Es un hombre que hace ruido; nieto de un vasco, de aquellos que querían la separación de España. El padre era bravo y por serlo recibió el componte. Digo, Albizu no se crio con él, sino con la tía. Quedó huérfano de madre muy niño. Suicidio… dicen. El padre lo reconoció legalmente cuando era estudiante en Harvard. Es un hombre muy inteligente y asumió la presidencia del Partido Nacionalista hace apenas un año.

Ese nombre suena por todas las esquinas. Le digo que sí, que ya me han hablado algo de él.

—A él le llevaron el original de la carta y se ha ocupado de revolcar el avispero. Hay quien dice que su interés es político, porque quiere sacar a los americanos de aquí.

Vivo convencido de que todo es político: las voces y las reacciones de un pueblo son políticas. Sin embargo, le comento al español que este asunto, en particular, me parece que encierra más bien un asunto de ética, moral y respeto por el paciente. Él insiste que hay política metida y yo decido preguntarle a qué partido pertenece.

—Del republicano… pues claro, es bueno para mi negocio de importaciones.

Acabo de recibir el café con el pan. Me pongo a desayunar. Deseo comentarle a Nicanor de mi visita al prostíbulo anoche. No tengo con quién comentarlo y tengo curiosidad por el lugar y la gente. Decido decirle que entré allí despistado, pensando que era un café. Y le pido que, por favor, baje la voz.

—Entraste en el negocio de Nena. Por tu tono de voz es fácil de adivinar. Ten cuidado, hombre, no te vayas a enfermar.

Le aclaro que no hice cosa alguna y le cuento sobre la mulata que parece una reina.—Seguro que esa es Catalina. Una moza muy guapa. Es la hija de Nena.

Afuera en la calle veo que la mañana se alumbra con los primeros rayos de lo que promete ser un día soleado, mientras escucho a Nicanor narrando la historia de Nena y Catalina. A esta hora Victoria se debe estar levantando. Nicanor tiene una forma romántica de contar las cosas. Las palabras al salir se reparten en letras que escriben con la tinta del pensamiento la historia que se narra, y entre descanso y punto dibujan una imagen.

—Nena apenas tenía dos años cuando llegó la abolición de la esclavitud. Su madre, Juana Laterma, quien era esclava, salió de la hacienda Muniosa donde vivía en Mayagüez, para buscar otra vida en San Juan. Llega con Nena, cuyo nombre real es Alberta, producto de una relación que tuvo con otro negro en la hacienda. Ella se la niega, porque no quiere vivir con él. Cuando llega a San Juan se emplea en una casa de ricos como planchadora y se va a vivir en el barrio de La Perla. La comunidad era de negros, pobres y esclavos libertos. La negra Juana cargaba con la niña para su trabajo y para donde fuera. La Nena crece viendo a su madre planchar y soportando que le dieran órdenes de mala manera. Por otro lado, Nena soportaba que el hijo de los ricos la tocara por todos lados cuando enviaban a su madre a hacer algún recado. Nunca se lo dice a su madre porque teme que ella pueda perder el trabajo. Cuando cumplió dieciséis años le dijo a la madre: "Yo voy a trabajar". Ella había visto cómo las chicas del barrio llamaban a los clientes y se dedicó a buscarse los suyos. Yo fui uno de esos clientes, luego pasé a ser amigo.

—En la cama era una negra rabiosa. Chupaba y mordía con una fuerza que no he vuelto a sentir jamás. Pero no quería casarse con nadie, ni tener hijos; se sacó varios. Catalina pasó desapercibida porque la madre no dejó de sangrar. Nena nunca ha podido precisar quién es el padre. Eran varios los clientes en una noche. Como mi esposa y yo no tenemos hijos, le dije que me la diera, que yo la criaba junto a mi mujer; pero ella dijo que no. Decidió retirarse de puta y abrió ese prostíbulo. Ha criado a la Catalina en ese ambiente, pero la ha educado en el colegio católico y la lleva a la iglesia. El cura la acepta porque es un "ángel indefenso", y claro, Nena hace contribuciones a la iglesia. El problema que tiene ahora es que ya es toda una moza y tiene que avanzar a casarla.

Yo le comento que es una mujer muy bella y Nicanor responde inmediatamente.

—Con calma, reportero... Eso no le conviene. Usted lo dice como cuando uno se enamora de una mujer y la mira con intención de casarla. Usted no debe ni acostarse con ella; y si se enamora... No, no, joder, ni lo piense. ¿Cómo les explicaría a sus hijos que tienen una bisabuela esclava, una abuela bastarda y prostituta y una madre también bastarda? No, no, ni lo piense. Para alguien de su nivel serían explicaciones difíciles.

No sé por qué, pero no esperaba todo este discurso. Yo solo quería que me escuchara. Cuando termino el café ya la mañana está más caliente. Me despido de Nicanor agradeciéndole toda la historia y los consejos, aunque me revienta que la gente me dé consejos. Es una costumbre de hispanos. A los norteamericanos no les importa lo que haga cada quién. Si hubiera contado esto en una barra de Nueva York, la conversación hubiera versado más en chistes y en pasarla bien. Esa manía de ver la tragedia que está a punto de ocurrir; lo casi posible. Como cuando la gente se enferma y cuando les preguntas, estuvieron "a punto de morir". Si lo único que hice fue mirarla y encantarme con ella... Bueno, voy a buscar un auto para ir a Cidra.

30 de enero de 1932

Celiana

Afuera en la calle Allen un vendedor de periódicos vo-

cifera el titular del día. La gente camina por la vía queriendo ignorar la noticia, no por ignorantes, sino por confusos ofendidos. En el recibidor del hotel, desde la butaca con terciopelo de imágenes románticas en las que un caballero platica con una dama de largos rizos, en un fondo abundante en verdes y azules, Victoria espera a su primo recordando diversos momentos.

Haberse encontrado al doctor Alberto Carbrenosa, a quien de todas formas pensaba buscar para que los ayudara, ha sido una grata sorpresa. El viejo compañero de clases aún la mira con aquellos ojitos de los que Victoria se burlaba ante sus amigas, diciéndoles que los ponía chinos; tan bobito... El recuerdo le trae una sonrisa que se deshace rápidamente. Eran los tiempos en que sus amigas siempre la procuraban. Estaban todas solteras. Juntas iban a las clases de piano, de bordado, de etiqueta. Muchas de ellas asistieron a la universidad con la intención de demostrar que sabían pensar, pero con la meta de conseguir un buen partido que les permitiera seguir moviéndose en los círculos de sociedad a los que pertenecían. Victoria les decía que estaban perdiendo el tiempo, si con toda aquella educación al final no iban a hacer otra cosa que casarse. Pero no las pudo convencer y ahora la única soltera era ella.

Victoria recuerda los sucesos de la tarde anterior al salir de la reunión con el doctor Carbrenosa y Alphonse. Salió directo al atelier de la costurera a medirse su atuendo del carnaval. No sintió la alegría de otros años en los que, desde varios meses antes, planificaba la reunión con las amigas, los vestuarios y el viaje a San Juan; a lucirse como reinas mayagüezanas ante las reinas de San Juan. Aquella competencia por abarcar la atención de los varones y la envidia de las sanjuaneras. Imagina que esta noche, sus amigas, las señoras de fulano y zutano, bailarán junto a sus respectivos esposos mientras la miran desde lejos, preguntándose por qué no se ha casado y por qué se empeña en vestir pantalones en esta visita a San Juan. Puede que incluso vacilen en saludarla.

174

Victoria vive la tarde anterior en su memoria. La costurera estaba orgullosa de su labor. Después de mirar los vestidos de lujo que importó El Bazar Giusti, consiguió las telas en La Ópera y con ellas confeccionó un fastuoso vestido verde pálido con el pecherín en satén duquesa, y lo bordó con perlas, lentejuelas y canutillos. El vestido se difumina en una falda con múltiples capas de tul sobre otras de red, con los brazos al descubierto. Para conseguir la impresión adecuada le compró unos zapatos en González Padín, frente a la Plaza de Armas, y le pidió a un joyero que le diseñara las prendas en diamantes y esmeraldas. Cuando Victoria se midió el vestido, la modista exclamó que se veía hermosa, pero ella estaba tan preocupada con la visita de sus padres que no la escuchaba y se dejaba vestir como un maniquí de esos creados hace apenas un año por Cora Scovil, de tela, con coyunturas flexibles de madera y metal. Se dejó ceñir el traje, calzar los tacos, forrados en la misma tela azul con adornos en diamantes de imitación, y poner las alhajas, pantallas en forma de rosa formada por diamantes con un centro de esmeralda, collar de diamantes con cruz en esmeraldas, una pulsera con hileras de esmeraldas que encierran un centro de diamantes y una hermosa sortija que repite el diseño de las pantallas; todo en automático. Apenas balbuceó: "Está todo muy lindo".

Sin embargo, la costurera sabía que la reacción no tenía que ver con el vestido, pues la madre de Victoria pasó en la tarde a pagarle y le contó la situación. Doña Providencia la escuchó en silencio y le preguntó tímidamente si ella estaba de acuerdo con su esposo.

—Tendrá que aprender a tener amantes si quiere conocer al menos la pasión. Si algún día le llega el amor, espero que no sea tan convencional como yo —le contestó.

Victoria rememora también la noche anterior, cuando salió a cenar al restaurante La Mallorquina, con sus padres. Tuvo que soportar la resistencia de su padre a dejarle hacer, y querer de todas formas que se case. No hubo argumento válido, ni siquiera cuando mencionó que ya era una mujer con derecho al voto, y que, además, tenía preparación universitaria por lo que podía tomar decisiones importantes.

175

—Por algo solamente se nos ha permitido votar a las mujeres educadas. A las demás no se les ha otorgado el mismo derecho. —Victoria llevó un bocado de arroz con pollo a la boca.

—¡Tonterías!, eso es un movimiento político, no tiene que ver con la función de la mujer, que es casarse y tener hijos, formar familia —le contestó el padre sin levantar los ojos de su plato.

Victoria buscó varias veces la mirada de su madre, pero solamente encontró espacios perdidos, miradas fugaces que se escapaban calle abajo a través de los cristales del restaurante. Entonces pensó que debía rendirse y esquivó la conversación hacia lo hermoso que estaba su traje para asistir al carnaval. El padre comentó sobre el costo del mismo y la madre sonrió y abundó en los comentarios sobre el ajuar. Fue una conversación superficial y liviana que les permitió mantener la armonía y hacer correr las horas hasta el final de la cena. Luego del postre, Victoria se levantó con premura y les dijo que no los acompañaría al café. Se despidió con un beso y con la promesa de dejarles saber su respuesta final sobre el casamiento, en los próximos días.

Hoy, sentada en el lobby, piensa que su madre no conoce lo que es un matrimonio por amor. Apenas era una niña de cinco años cuando la escuchó decirle a una amiga:

—Yo no amo a mi esposo, pero es un buen marido. No carezco de lujos y comodidades. Vino a comprender esa conversación cuando era una adolescente, pero es algo que Victoria no olvida.

*

176   Me detengo frente a Vicky y, con cariño, le agarro la perilla entre los dedos de la mano derecha para invitarla a pasear para Cidra.

—¡Para Cidra! ¿A qué? Hoy es el baile del carnaval y, por cierto, es la toma de posesión del nuevo gobernador, Be... bebe... be...

La desmemoriada no puede recordar el nombre. Le aclaro que es Beverly y le aseguro que no debe temer, porque yo haré lo posible para que regresemos a tiempo. Le digo que ya tengo un carro esperando. Entonces se levanta de la butaca con actitud de fastidio. No quiere ir. No tiene humor para viajes en carro. Seguro que teme llegar demasiado cansada. Camina junto a mí, seria. Aborda el carro y permanece en silencio. Yo no sé si está molesta conmigo o con sus padres. Me parece que está más bien preocupada. Bueno, por lo menos voy a tener tiempo para mí solo. A mi mente llega la mulata otra vez. No me atrevo a contarle eso a Victoria; en otra época lo hubiera hecho, pero no comprendo por qué esta aventura en particular no encuentro como contársela. Ella ha decidido sacar una libreta para apuntar las preguntas que debemos hacer. Es increíble cómo puede pasar de pensativa y preocupada a estar tan campechana. Mi momento de recordar se ha terminado, pues se supone que yo le dicte las preguntas para la entrevista a Celiana. Empiezo a decirle el repertorio, según me llegan a la mente: ¿cuántos años tiene?, ¿a qué se dedica?, ¿cómo conoció a Cornelius?, ¿por qué quiso participar en el estudio ofreciendo a los empleados de la empacadora de piña?, ¿les preguntó si querían participar?, ¿les explicó lo que se haría?, ¿les dijo que lo publicaría?, ¿les ofreció algo a cambio?, ¿estuvo junto a ellos cuando Cornelius los veía?, ¿conocía a los muertos?, ¿por qué hizo una declaración jurada y no fue a deponer?, ¿tiene alguna relación personal con Rhoads?, ¿se ha comunicado con él?, ¿lo extraña…?

—Ojalá consigamos que nos conteste todo esto —dice Victoria.

Yo le respondo que si Celiana no tiene nada que esconder las contestará. Mi prima entonces decide hablar del carnaval. Yo le cuento que el año pasado fui con Mariela al Carnaval de Cádiz. Es una actividad de mucho renombre. El ambiente de la calle, de la gente, ¡es maravilloso! La música, las carrozas, la algarabía, ese ánimo de fiesta me dejó impresionado, pero no como para ir al baile de coronación. Me habían invitado como periodista, pero a mí no me interesaba adornarme, y a Mariela tampoco. Ella es una mujer práctica. Es más, creo que nunca la he visto maquillada. Ni metida en vestidos apretados o de brillo. No creo que siquiera use perfume.

—¡Ay, por favor, primo! Tu amiga es una monja.

Yo me rio ante el comentario. Ambos permanecemos en silencio y al cabo de un rato, y agotado por el estrés, sucumbo al sueño mientras el verde de los campos se deforma hasta tornarse en una mancha en mis pupilas. Cuando arribamos a la casa de Celiana, decidimos que es mejor que yo me presente solo primero y luego llame a Victoria. Miro hacia la residencia de madera. Las ventanas y la puerta de entrada están cerradas. Me bajo del auto y camino hacia la residencia por un pequeño camino de cemento bordeado por un rosal; cuando llego me detengo frente a los escalones y miro hacia la puerta. Desde aquí llamo con un "hola". Nadie me contesta. Entonces decido subir los tres escalones hasta el balcón y camino hacia la puerta. Toco dos veces. Miro hacia ambos lados y veo tres mecedoras

177

de pajilla. Camino por el balcón y muevo el sillón central con la mano derecha. Llamo de nuevo, esta vez casi a gritos. Digo los buenos días y vuelvo a tocar a la puerta. Yo sé que hay gente adentro. Puedo escuchar los pasos sobre la madera. Vuelvo a tocar, esta vez con mucha fuerza, mientras llamo sin recato a la señorita Celiana. Escucho movimientos cerca de la puerta, y voces que no entiendo. Cuando ya no lo espero, escucho que alguien me responde y un momento más tarde abre la puerta una señora blanca, enjuta, con el pelo canoso. Parece enferma, demasiado pálida. Me invita a sentarme en uno de los sillones del balcón y me pregunta en qué me puede ayudar. Miro hacia la puerta, que permanece a medio cerrar, mientras atiendo a la señora que habla con mucha lentitud. La voz le tiembla un poco. Procedo a presentarme. Ya estoy cansado de repetir que soy periodista, que soy puertorriqueño, de Mayagüez... Cuando por fin termino, le pregunto sin titubear si la señorita Celiana está en la casa. Le digo que deseo hablar con ella. La vieja me pregunta para qué, con un tono que apenas escucho. No le doy muchos detalles, solo que quiero preguntarle algo del doctor Rhoads.

—Pues puede irse por donde mismo llegó; mi hija no tiene que contestarle nada. ¿Cómo es posible que un americano como usted se preste a este espectáculo de los nacionalistas?

Nos interrumpe un hombre alto, delgado, de músculos firmes, con apenas algunas canas entre el cabello negro. Le ordena a la señora, con disgusto, que entre a la casa. La interrupción me asustó. Después de haberme presentado no esperaba que me rechazaran. La señora me mira, se levanta del sillón, baja la cabeza y retorna hacia adentro a paso lento, evitando rozar con el hombre que permanece parado bajo el marco de la puerta. Yo me levanto del sillón. Estoy nervioso. Me dirijo hacia el hombre e inclino la cabeza en señal de saludo; aprecio por su postura la actitud de combate. Decido comenzar a bajar los pequeños escalones. Me detengo un momento, giro, miro al señor y sin pensarlo dos veces le pregunto por qué si su hija es maestra está involucrada en la investigación del doctor Rhoads. Le digo que Cidra está muy lejos de San Juan, y le pregunto cómo lo conoció.

—Si usted no quiere que yo lo pique a machetazos, váyase.

La amenaza es real. El hombre levanta un machete hacia el aire y ya viene en dirección hacia mí. Desde el carro, Victoria me mira. Sé que comprende la situación. Sin darle la espalda, acelero el paso cuando veo al hombre bajar los escalones y detenerse allí a mirarme. La señora permanece observando desde la sala y detrás de ella se aprecia una sombra que no se puede definir. Cuando me siento seguro, corro por el camino que recorrí antes y abro la puerta del carro con premura, mientras le ordeno a Luis, el chofer, que arranque. Sé que Celiana está en la casa y también estoy seguro de que el viejo es capaz de matarme si no me voy.

Durante el camino hacia San Juan discutimos qué otra cosa hacer. Aún hay deposiciones pendientes; decidimos concentrarnos en eso. Quiero llegar temprano a la ciudad y presiono al chófer para que logre el mejor de los tiempos, de forma tal que pueda llegar para asistir a la toma de posesión de Beverly. Ese es el gobernador número diecinueve, y ahora veintiuno, contando con un término que hizo antes de Theodore Roosevelt a quien sustituye ahora. Todos comentamos sobre la poca esperanza que tiene el pueblo en estos gobernadores puesto que la mayor parte de ellos apenas dura uno o dos años. En el 1898 hubo siete. Uno de ellos, el general Andrés González Muñoz, se murió el día que lo pusieron en el cargo.

—Bueno, creo que Arthur Yager estuvo ocho años —agrega Victoria.

Le comento a Victoria que a ese le debemos la ciudadanía americana.

—A saber lo que nos costará. Ahora se pueden llevar a todos nuestros hombres a la guerra.

179

Discutimos sobre política por un momento. Victoria tiene el sentimiento de muchos. Siente que la isla es una mina para un par de ambiciosos que buscan fortuna a costa de la labor del obrero puertorriqueño. Y es cierto. Se ve en la industria de la azúcar, en la de la aguja y en la tabacalera. Los dos compartimos la frustración sobre el poco coraje de los isleños para reclamar soberanía. Mi corazón se divide entre mi sentido norteamericano por mi padre y el haberme criado en esta isla junto a la familia de mamá. Reconozco todo lo malo, pero sin los norteamericanos no tendrían orden; además, gracias a ellos las carreteras son mejores, hay planes para el futuro... Sin embargo, esto del médico me provoca una ira que no he experimentado jamás; me siento insultado.

Arribamos a San Juan justo a tiempo para que yo pueda asistir a los actos de toma de posesión. Una vez dejo a Victoria en el hotel me apresuro a llegar a la actividad. Me acerco con toda seguridad sacando la identificación de reportero. Tomo asiento en el área designada y sigo el evento con todo su protocolo hasta que Beverly comienza su discurso. No comprendo por qué el gobernador electo quiere hacer tanto hincapié en controlar la tasa de nacimientos. Eso no le debe importar, esta no es su isla; además, hay espacio de sobra en los pueblos, en el campo, en todo San Juan. Hay un millón setecientos mil habitantes y hay montones de lugares desiertos en la isla. El gobernador insiste en los peligros de la sobrepoblación, las enfermedades, la falta de alimentos, el hacinamiento, la progresión de la pobreza. A mi lado, otro reportero comenta que espera que la Iglesia católica critique al nuevo gobernador. Yo le pregunto por qué dice eso.

—Porque ese el pensamiento neomaltusiano que busca controlar la procreación por medios artificiales.

A mí ese concepto no me preocupa. Tengo una inquietud mayor. Me estoy cuestionando si este mensaje es un apoyo al pensamiento de Grant, el abogado, antropólogo aficionado, que llevó al pigmeo del Congo, Ota Benga, a exhibirlo en el zoológico del Bronx junto a los gorilas; como si fuera otro animal, un gorila estilizado que podía hablar. Yo no lo vi, pero recuerdo los comentarios de mis padres indignados ante semejante espectáculo. Lo que sí conozco bien de Grant es su texto, *The passing of the great race,* publicado en 1916. Tuve que leerlo en la universidad. El libro es muy conocido. En él se exalta la raza blanca sobre todas las demás y establece que los cruces de raza producen siempre uno de raza inferior, de forma que blanco casado con negro, produce negro, que europeo casado con judío, produce judío y así por el estilo, todos ellos inferiores. Recuerdo la indignación de un compañero de clases cuando leyó que los ojos claros pertenecían a los nórdicos y los ojos oscuros era cosa de animales salvajes y primates. Las palabras de Beverly me traen a la memoria los postulados de Grant sobre la necesidad de controlar las clases inferiores para evitar que arropen a las superiores, pues, según él, estas clases inferiores no tienen control de la procreación. Me horroricé cuando leí que había que permitir que la naturaleza siguiera su curso, o sea, no hacer nada por salvar a bebés enfermos. Hay un párrafo que retorna a mi memoria:

181

...A rigid system of selection through the elimination of those who are weak or unfit -in other words, social failures- would solve the whole question in one hundred years, as well as enable us to get rid of the undesirables who crowd our jails, hospitals and insane asylums. The individual himself can be nourished, educated and protected by the community during his lifetime, but the state through sterilization must see to it that his line stops with him...

El proceso de esterilización se sugería para criminales, pacientes mentales, deformes, cualquier tipo de debilidad y hasta para *worthless race types.* Fue una de esas lecturas que me marcaron, y aún hoy, recordarlo me perturba sobremanera. No tolero más este discurso racista. Me voy. Salgo a la calle y caen sobre mi cuerpo unas tímidas gotas de agua que apenas humedecen los adoquines. No me molestan. Me limpian. Me sanan.

30 de enero de 1932

Un cablegrama

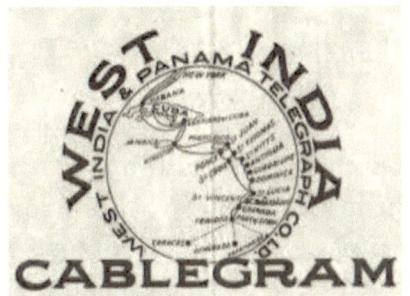

SERVICIO LA RED
CABLEGRÁFICO
CABLEGRÁFICA
RÁPIDO CON TODOMÁS COMPLETA EN
EL MUNDOLAS ANTILLAS
"VIA WESTERN UNION" Teléfonos Nos 317 y 15

RECIBIDO EN EL EDIFICIO OCHOA, LA MARINA,
SAN JUAN, P. R.
SJ32 NEW YORK 108 20TH
ALPHONSE SMITH RODRÍGUEZ HOTEL MAYOR
SJN
DE VACACIONES. SALGO PARA PR.
LLEGO FEBRERO 1

BESOS,
MARIELA

El cablegrama me lo entregaron en la recepción, al entrar al hotel. Subo a ver cómo está Victoria y lo abro en su habitación. Ella me observa, atenta a mi reacción. No sabe de qué se trata y teme que sea un regaño de mi jefe. Cuando termino de leer el cablegrama me pregunta.

—¿Tu jefe? —Victoria se acerca y me pone la mano sobre el hombro.

—No. Es Mariela. Viene para acá. Llega en dos días —le contesto.

—Primo, te quedaste muy callado. ¿Qué? ¿No te gusta la idea de que Mariela venga a la isla?

—No, de hecho, estaba pensando en ella ayer —le digo.

—Ves, yo tengo razón. Entre ustedes hay algo.

—No, Mariela es una hermana mayor. No hay otra cosa, es solo que me sorprende que venga a la isla. Bueno, subo a mi habitación a vestirme —le contesto, mientras camino hacia la puerta.

Entro a mi habitación en automático. Me quito el sombrero y lo coloco sobre la mesa de noche. Me despojo de la chaqueta oscura y la descanso sobre la butaca de la esquina, junto a la ventana. Entonces me quito la camisa y la echo en el canasto que vaciará la lavandera contratada por el hotel. Luego suelto el cinturón, desabrocho la cintura y bajo la cremallera para quitarme el pantalón, y junto a él la pieza interior. El primero lo coloco junto a la chaqueta y el segundo lo echo en el canasto. Paso tras paso voy pensando en cómo podré contarle a Mariela sobre la mulata que he visto en la casa de lenocinio. Por otro lado, me cuestiono si mi prima tendrá razón; si Mariela tendrá otro interés aparte de ser amiga, compañera de viajes y de fiesta. Con los mismos gestos automáticos me baño y recorro los mismos movimientos a la inversa, pero esta vez me pongo un frac negro, por insistencia de Victoria. La camisa en hilo, de cuello alto y extremadamente almidonada, me molesta. Me miro de lado en el espejo y observo la cinta lateral que baja por

184

el pantalón. Me siento ridículo con los faldones que cuelgan a mi espalda. Agarro la pajarita de piqué en forma de lazo y me la coloco en el cuello. Por último, procedo a ponerme los gemelos de oro con zafiros en el centro, un préstamo de la misma joyería que le confeccionó las prendas a Victoria. Los guantes blancos, de gamuza, me los pondré en el coche; así como el sombrero negro de copa alta en seda.

Toco la puerta de la habitación de Victoria.

—Aún no estoy lista —la escuchó decir desde el otro lado... —espérame en la recepción.

Resignado, me dirijo hacia allá. Cuando llego me siento en una butaca desde donde puedo ver la gente que camina por la calle. De pronto me parece ver a mi amigo Carlos. Me levanto de la butaca y camino fuera del hotel. Cruzo la calle y, antes de que la figura que persigo se pierda en La Fortaleza, le grito:

—¡Carlos!

El hombre se detiene y gira para ver quién lo llama. No puede reconocerme con toda esta vestimenta. Me acerco a él.

—Soy yo, ¡Fonse!

—Amigo Fonse, si no te puedo reconocer con ese disfraz.

—Casi, claro. Tu padre me dijo que trabajabas en San Juan, esperaba encontrarte en algún momento —le digo.

—Bueno, estoy asignado aquí a Fortaleza. En la seguridad del gobernador. Y tú, ¿qué haces...?, no me digas que tú eres el gringo del que todos hablan, el que desayuna por la mañana en la Bombonera y se mete en el centro de citas de La Nena en la noche —me comenta mientras ríe.

—Pues ya sabes mucho, pero también estoy cubriendo la noticia del médico —le dejo saber.

—Una situación muy seria esa. En lo que te pueda ayudar... ya ves en dónde trabajo. Ahora me disculpas, tengo que irme. El nuevo jefe está esperando estos papeles —me dice mientras sigue caminando hacia la Fortaleza.

Estoy confundido. No entiendo si la expresión de mi amigo es de pura cortesía. Pensando en eso camino por la acera y llego al hotel a recoger a Victoria, quien está llegando a la recepción. Llamo un coche y nos dirigimos a la celebración, no sin antes decirle a mi prima que está muy guapa, y augurarle que, posiblemente, esta noche aparecerá un galán.

*

Victoria sabe que está hermosa, pero en realidad no le pasa por la mente conseguir un galán, sino dejar perplejas a las amigas que al casarse la abandonaron. Quiere que vean que ella no es una jamona sufrida, que es hermosa, inteligente y que puede disfrutar una fiesta sin un hombre, porque está segura de que su primo, tan pronto cruce por la puerta, la dejará en una esquina para buscar otra pareja. Sin embargo, Alphonse permanece a su lado al llegar y conversa con ella. De vez en cuando la saca a bailar y si algún caballero se acerca, él le aclara que es solamente un primo. Entrada la noche, y cuando ya no imaginaban que aparecería más nadie, llega el doctor Alberto Carbrenosa. Victoria lo observa vestido de frac, sonriendo a los que lo saludan. Le parece más atractivo de lo que le parecía antes. Se siente nerviosa. Lo sigue con la mirada y se percata cuando una de sus amigas casadas, cuyo esposo está fuera del país por motivo de su negocio, se le acerca para montarle conversación. El galeno no le presta mucha atención; parece buscar a alguien en el salón y gira la cabeza hacia todos lados. En un momento se despide de la dama y camina hacia una esquina. Victoria lo ve cuando se detiene frente a una persona. Al rato alcanza a ver cuando la persona se asoma por el lado del galeno, levanta el brazo y le hace señas; es Alphonse. Alberto camina hacia ella y Victoria siente que la boca se le seca.

—¡Victoria! No tengo palabras para decirte lo hermosa que te ves.

—Gracias, Alberto —le contesta con una voz apenas audible.

—¿Bailamos?

A partir de ese momento bailan durante toda la noche, pasodoble, danzón y boleros. Alphonse se dedica a saludar a todo el que cree reconocer. De vez en cuando encuentra buena conversación en alguna esquina, y cuando no, se retira a buscar un jugo y no regresa. Cerca de la una de la mañana lo que desea es que el baile se termine. Entonces alcanza a ver a Victoria conversando con Alberto. Están muy serios. No sabe él que el viejo amigo le está haciendo una oferta y que Victoria la está recibiendo con mucho entusiasmo. Después de un rato se levantan, él besa su mano e inclina la cabeza en señal de despedida. Ella permanece seria y luego camina hacia Alphonse.

—¡Vámonos! —le ordena.

—¿Por qué tan seria?

—Te cuento luego. No aquí.

Durante el viaje en coche, que es verdaderamente corto, no hablan. Al llegar al hotel Victoria le pide al primo que entre a su habitación y procede a contarle.

—Yo no sé si fue el frac, o la noche, o qué cosa, pero hoy cuando lo vi entrar me pareció diferente. Hasta un susto me entró. Mientras bailábamos me sentía tan abrigada, con tanto calor. Pero yo no esperaba que ocurriera nada. Entonces él me pide un momento para hablar en serio y me dice que ha estado pensando en mi situación y que ya tú le dijiste que yo quería ser reportera y que el hombre que se casara conmigo tenía que entender eso. Tú eres un entrometido. ¿Por qué te tenías que poner a decirle mis cosas? No me enojo porque parece que va a ser bueno para mí que tú seas un chismoso. Me dijo que él me comprendía y que se quería casar conmigo. ¡Imagínate lo pasmada que quedé! Apenas abrí la boca para contestar cuando me dijo que, si no lo quería, que de todas formas me casara con él, que yo iba a aprender a quererlo porque él me enamoraría. Y mientras él hablaba yo estoy pensando, pues esto es como si me casara con el candidato que me tiene mi padre, ese maldito viudo con niños que no conozco. Al menos a este lo conozco un poco y no tiene mocosos para cuidar. Por poco le digo que sí allí mismo, cuando me dice que no conteste nada, que lo piense, que lo medite con calma, que él me va a llamar mañana, que es hoy, o pasado si yo prefiero. Yo murmuré un "mañana" que no sé si él escuchó, pero espero que sí. ¿Estoy loca, primo? Me dijo que me dejará ir contigo. Dime, ¿qué opinas?

Alphonse observa a su prima durante toda la confesión. Mira el brillo en sus ojos, la sonrisa escapada, y la recuerda en la adolescencia cuando se enamoró por primera vez de un amigo de él. Toda nerviosa. Le parece que ha perdido la inocencia de reconocer que está enamorada, pero no se lo va decir.

—Que es inusual, pero parece posible. Cuántos matrimonios arreglados tú no has visto y terminan amándose terriblemente. El hombre parece bueno, es un doctor, te apoya en tu deseo de una carrera. Tu padre no va a rechazar a un doctor. Y no tiene mal linaje, el padre es joyero. ¡Bah!, dile que sí y ya.

Terminan conversando sobre cómo cambia la gente, cómo con el pasar de los años se esculpen nuevas fisionomías y caracteres, cómo lo que no consideraríamos jamás en un escenario dado lo tomaríamos en cuenta en otro. Porque así se vive la vida, sin esquemas planificados, sin caminos marcados. Cada quien abre su propia senda y levanta su propio castillo.

31 de enero de 1932

Una misa

Hoy es domingo. La ciudad amanece perezosa; despoja las calles de los empleados de todos los días y cierra sus múltiples ojos y bocas al comercio. Como todos los domingos, el tiempo parece entregarse al placer de la espera. De esa espera que no se define, que no mide momento ni evento, que no busca otra cosa que el disfrute de la espera misma. En el aire los pájaros apenas trinan. Las esquinas conversan las unas con las otras y el odio, o la pasión, derrochadas durante la semana, son solo recuerdos para otro día.

Alphonse se sienta ante el pequeño escritorio de su habitación a escribir su segundo artículo. El jefe lo llamó varias veces en la semana, impaciente ante el silencio. El primer reporte apenas resumió el asunto y estableció las bases de este. Ahora puede ser más específico, puede dejar ver detalles. Se le ocurre que debería informar acerca de la invasión norteamericana, la devaluación de la moneda, las grandes empresas que han llegado a la isla a apoderarse de las empresas del nativo, la pérdida de las tierras por la confiscación de los bancos, los obreros enviados a Hawái bajo engaño y la Ley de cabotaje de la que todos se quejan para ser escuchados como un grito en el medio del universo. Pero desiste de la idea para no perderse en otros temas.

Las notas de Victoria han sido minuciosas y con ellas hará que su artículo cubra más espacio. Está compitiendo en presencia con la noticia del conflicto entre China y Japón y el movimiento político en España que hubiera preferido cubrir.

Lee las noticias de la dimisión de Niceto Alcalá Zamora al puesto de la presidencia y medita en todo lo que pudo haber escrito. Piensa que debería escribir sobre la resolución anticlerical en España. Está de acuerdo con la crítica a que la Iglesia pretenda controlar el pensamiento del pueblo, con que la educación religiosa no debe imponerse, con que las Iglesias paguen tributos al Gobierno y definitivamente con que los bienes de la Iglesia pasen a ser del Estado. A su mente llega el recuerdo de los altares cubiertos en oro.

190

—¡Alphonse! ¡Levántate! —grita Victoria, mientras golpea la puerta—. Vamos a misa.

—¡No! —le contesta enojado cuando abre.

—Podrías ver a alguien que pudiera ofrecerte información.

Ella conoce muy bien a su primo. Sabe que solamente irá si puede obtener un beneficio. Él la mira por un momento y asiente con la cabeza, resignado a que ella es demasiado insistente. No vale la pena resistir. Cierra la puerta, regresa al escritorio a recoger lo que escribió y se dispone a vestirse con premura.

Un momento más tarde, ella lo recoge en la recepción del hotel en donde él recién se sentaba a tomar un café. Le saca la taza de las manos y lo levanta para llevarlo asido de su brazo a la calle Salvador Brau rumbo a la Iglesia San Francisco de Asís, pero él se resiste. Teme encontrarse de frente con La Nena o su hija.

—No, no, vamos a la catedral, es una iglesia más importante y estoy seguro de que la crema y nata de esta ciudad se presenta a esa misa. —Alphonse gira, halando a la prima.

—Yo prefiero las iglesias pequeñas, son más acogedoras y la gente es más cariñosa —le dice Victoria mientras camina junto a él.

—Pero tú me dijiste que era para que yo hiciera contactos.

Ella se da por vencida y continúa a su lado. Las calles se llenan de gente que camina hacia la iglesia. Los primos caminan agarrados del brazo, cuchicheando detalles de los que van junto a ellos; como cuando eran jóvenes traviesos en su pueblo de Mayagüez. Ambos visten con sombreros y quien los divise desde lejos solamente verá los gestos de una pareja que conversa y ríe. Cuando se acercan a la iglesia, él levanta la cabeza para estimar la distancia que falta hacia las escalinatas. Es entonces cuando lo invade una sensación de susto. Allí, parada en una esquina, está Catalina vestida de blanco, luciendo un sombrero blanco con ala de puntilla color rosa pálido. Victoria se percata del cambio en la expresión de su primo y le pregunta a quién vio.

—A nadie, creo que simplemente tengo hambre.

—Pues harás el sacrificio.

Por más que lo intenta no puede convencerla de que suban por el extremo opuesto. Al llegar al descanso final de las escalinatas termina de frente a la mulata que lo observa con cara de curiosidad esperando un saludo. Alphonse vuela su mirada sobre ella, como un ave asustada, y entra a la iglesia.

Victoria suele asistir a misa todos los domingos. Su familia tiene lazos de amistad con el sacerdote de la ciudad de Mayagüez. Conoce el ritual de la misa y carga con su propio misal. Al entrar se quita el sombrero y cubre su cabellera con una fina mantilla de seda con encaje de blonda. Camina hacia los bancos centrales y se ubica en el tercero, cerca del pasillo. En el altar, el padre, parado de espaldas a los feligreses, comienza con: *In nomine Patris et Filii et Spiritus Sancti.* Victoria contesta junto a todos, *Amén.* Alphonse la mira desde la puerta de entrada y decide que lo último que va escuchar es el *Dominus vobiscum.* Por lo menos consiguió que Victoria lo dejara ubicarse en la parte trasera de la iglesia. Desde allí puede ver quién entra y remirar entre las filas las caras de los asistentes. A los que no pueda ver bien los verá cuando regresen de comulgar. La misa le resulta interminable y es en el momento de la comunión cuando despierta del letargo para ver las caras mejor. Se queda de pie mirándolos uno a uno. Entre la larga fila alcanza a ver al fiscal, el licenciado Ramón Quiñones, y detrás de él, al doctor Garrido Morales; ambos van cabizbajos. Unidos hasta en la iglesia, medita Alphonse. Al terminar la misa permanece en su hilera esperando a que pasen ambos. Cuando los ve pasar los sigue y una vez a las puertas de la iglesia se les acerca.

—Buenos días, Alphonse Smith del *New York News*. Quisiera hacerles unas preguntas.

—Unas preguntas de qué —le dice el fiscal.

—De Rhoads. —Gira hacia el doctor y continúa—. Es su amigo, ¿no es así, doctor?

—¡Insolente! —exclama el doctor manoteándole en la cara—. Estamos en la iglesia.

—Buen momento para confesarse; además estamos fuera de la iglesia —comenta el reportero.

—Joven, llame a mi oficina como todos los demás —son las últimas palabras del fiscal antes de darle la espalda y proseguir camino escaleras abajo, junto al doctor.

Alphonse los mira mientras bajan los escalones en franca conversación. Daría lo que fuera por saber de qué hablan. De entre la multitud que sale de la iglesia llega Victoria junto a Alberto. Se cuestiona si ha sido una reunión planificada, pero ella tiene una cara de sorpresa genuina y abre los ojos cuando le comenta que se lo encontró cuando iba a saludar a una amiga. Alberto aprovecha la oportunidad para invitarlos a almorzar, pero Alphonse declina, aduciendo que está cansado y que prefiere ir al hotel. Cuando ellos se despiden él comienza a bajar las escalinatas tras la pareja. De repente, un joven se le acerca y le comenta rápidamente: "Pregúnteles por los pacientes de Celiana Nueces". Apenas reacciona cuando ve la espalda del joven camino al Morro. Entonces acelera el paso para seguir tras él, pero el joven se le pierde adentrándose en La Perla. Entonces, Alphonse decide regresar a la calle del Cristo de regreso a su hotel. En la distancia, ve el ruedo de un vestido blanco flotando con el viento, coronado por un sombrero de ala adornado de puntilla rosa pálido.

1 de febrero de 1932

Una amiga

—Vicky, sigue aquí escuchando las deposiciones. Yo voy al puerto a buscar a Mariela. El barco debe haber atracado —le ordeno a mi prima antes de partir.

—Bien. Ten cuidado cuando salgas, creo que hay quienes no están muy convencidos de la supuesta razón por la que estamos aquí —me contesta ella.

Miro a todos lados al salir y me dirijo al puerto a paso lento. Avisto la congestión de gente en el muelle y me coloco lejos de ellos, pero de forma tal que pueda identificar a Mariela cuando baje del barco Borinquen. Los gritos de familiares y amigos cuando divisan a los suyos es pura algarabía. Espero con paciencia hasta que la identifico. Es una mujer de mediana edad, viene un tanto despeinada. La llamo a gritos:

—¡Mariela!

La llamo varias veces a viva voz, hasta que capturo su atención. Entonces camino hacia su dirección abriéndome paso entre la multitud, y le doy un abrazo. Le quito la maleta de la mano y emprendemos camino hacia el hotel.

—Alphonse, me parece que estás más delgado —me comenta Mariela.

Le explico que tengo un trajín increíble aquí. Y que la verdad es que no me gusta lo que estoy haciendo, porque esta noticia no se parece a lo que cubro usualmente y me está dando más trabajo de lo usual; es latosa, le digo. Le explico que se me ha hecho difícil entrevistar las partes y que en general no tiene sentido.

—Ya mismo terminas. Yo, además de visitarte, voy a ver si veo algo de arte por aquí —me comenta—. Una amiga me dijo que conoce a un pintor que ha abierto una escuela de arte en Ponce y que es muy talentoso.

Le pregunto cómo se llama y me dice que es un tal Miguel Pou. Quiere saber si lo conozco y le recuerdo que ella sabe que yo de arte sé lo que ella me enseña. Le informo que puede ir a Ponce por el tren. Ella se ríe pues reconoce que es cierto lo que le digo y se complace en educarme, aunque eventualmente yo no recuerde ni la mitad. Me conoce bien y sabe que mi tono de voz no es el de siempre. La siento observándome, y calla. Se dedica a mirar la ciudad que visita por primera vez y me dice que le gusta. La dejo en la recepción del hotel y le digo que la veré en la cena. Regreso junto a Victoria. Hay algo en la mirada y sonrisa de Mariela que no comprendo, es como si estuviera esperando que yo le dijera algo.

Cuando regreso ante Victoria, ya está recogiendo para irse, y mientras lo hace me cuenta sobre lo que ha escuchado.

—Hubo varias deposiciones, unos dicen que Rhoads no hizo autopsia y otros dicen que sí, unos dicen que no tomó tejido y otros dicen que sí, pero que era para enviarlo a Estados Unidos. Unos no recuerdan haber trabajado con él, pero contestan las preguntas; unos hablan inglés y otros, español. Muchos comentan que el cáncer no se puede trasplantar en humanos y que no conocen experimentos en animales que demostraran éxito. La Celiana envió la declaración jurada, no vino a deponer. Conseguí una copia. Dice que supo lo del robo cuando habló con Rhoads, tres días más tarde. Tengo la cabeza llena de todo esto. No creo que conoceremos la verdad jamás.

A pesar de que lo presiento, no quiero siquiera pensar en esa alternativa.

—¡Ah!, y por cierto, Ashford lo conoció.

Le comento que yo me lo imaginaba porque a ambos les

interesa el mismo tema. El día de la cena quiso proyectar como que no lo conocía. Le pregunté a Victoria cómo se enteró.

—Te busco… —Abre la carpeta y saca una de las hojas de las anotaciones—. Mira aquí, en la deposición del doctor Juan Pons él dice que en una de las visitas de Rhoads al Hospital de la Universidad este fue con Ashford.

O sea, que fueron juntos. Ashford posiblemente estuvo junto a Rhoads en alguna de las rondas de discusión de pacientes y a saber si también en alguna autopsia. ¿Por qué no me lo dijo?

Tal vez Ashford prefiere hacerse el que no conoce a Rhoads por vergüenza. Porque existe la vergüenza que se siente sin tener culpa directa de los hechos, y solamente porque se pertenece, se es parte del grupo, de la idea, del proyecto, y se reconoce la posibilidad de quedar manchado con la conducta de un aliado. Entonces, es mejor negar su existencia para alejarlo de nosotros y del proyecto.

3 de febrero de 1932

Viaje a Ponce

Me vi obligado a acompañar a Mariela a Ponce, porque no quiso ir sola por tren. Alega que los puertorriqueños somos muy ruidosos y eso le da temor. Victoria seguirá las deposiciones hoy. No fue difícil conseguir un carro fletado y Victoria habló con una amiga para que nos reuniera con el pintor. La chica fue muy gentil; hasta nos invitó a quedarnos en una de las casas de su familia. Ya vamos de camino. Estoy pensando en el comentario que hizo Mariela cuando me monté junto al chofer en el asiento del frente:

—Ni que tuviera lepra.

No sé qué esperaba ella que yo hiciera. La verdad es que, en un viaje largo, prefiero ir junto al conductor. Durante el camino me pregunta sobre la investigación, pero no quiero hablar de ello delante de este chofer. No lo conozco y, a menos de que él traiga el tema, no lo quiero abordar. Desvío la conversación hacia sus viajes recientes a Francia. Me cuenta que estuvo en Paris de paseo con unas amigas. La conversación no dura mucho; se quedó dormida. No lo lamento, eso me evita hablar por hablar.

Arribamos a Ponce en la tarde. El mayordomo de la amiga nos recibe y nos entrega la llave de la casa. La residencia tiene tres habitaciones y yo busco una cualquiera. El chofer se quedará en el cuarto de servicio. Mariela se detiene a mirarme y luego de un rato me dice que podríamos quedarnos en una misma habitación, pues así haríamos menos reguero. Yo sonrió y le digo que no. Acomodamos los paquetes y nos dirigimos a la Academia. Estoy pensando por qué Mariela me hizo ese ofrecimiento. Nunca antes lo había hecho.

Pou nos recibe con un ánimo de fiesta. Está muy contento. Nos cuenta que apenas el año pasado estuvo en Paris en una exhibición. Mi amiga está fascinada con los cuadros: imágenes de pueblo, coches guiados por caballos, jíbaros, flamboyanes. Le pregunta qué cosas o situaciones le inspiran. Él sonríe y le contesta que simplemente le gusta pintar lo que ve a su alrededor, y obviamente las imágenes de su pueblo abundan. Nos cuenta que también pintó un retrato de su hijo, pero está en su residencia. Mariela está fascinada con la figura del jíbaro, flaco y fibroso, serio. Ella podría estar aquí con Pou una eternidad, pero ya van tres horas y tengo hambre. La miro y en cuanto hace contacto visual conmigo le señalo hacia la puerta con la cabeza. Comprende lo que quiero decirle y se despide del pintor.

Salimos a la calle y caminamos sin rumbo buscando un restaurante. Entramos en uno que hallamos frente a la plaza. Nos sentamos a una mesa y pedimos el plato del día; sabemos que no hay mucho para escoger. Le comento que la entrevista de Pou fue larguísima y ella no me contesta. Permanece en silencio un rato, mirando hacia la plaza; yo hago lo mismo porque no comprendo qué le ocurre. Cuando estoy a punto de preguntarle, me mira.

—Te extrañé, Alphonse —me dice.

—Y yo a ti —le comento, porque me parece que es lo correcto, pero no bien lo digo, me arrepiento. Ella se torna toda sonrisas. Hay algo de ella que no es usual y recuerdo los comentarios de Victoria.

—He pensado mucho en nosotros —me dice casi en susurros, mientras acerca su mano a la mía.

—Yo también. El otro día estaba recordando lo mucho que nos reíamos cuando te ponías a buscarme novia. Aquí ya me habrías asignado unas cuantas. Por cierto, hay algo que me gustaría contarte, sobre una joven... —Avanzo a decirle para cambiar el tono de la conversación; retiro la mano suavemente y procedo a levantar el vaso de agua para darle un sorbo—. La conocí por casualidad una noche caminando por la ciudad.

Decidí ahorrarme los detalles reales de cómo la conocí, pero siento que debo dejarle saber eso. Mariela decidió girar la conversación hacia su familia. Sin que yo le preguntara comienza a contarme que en estos meses estuvo en Segovia. Me entero de que es de allí; pensaba que era de Barcelona. Creo que eso me había dicho en alguna ocasión. Sigue en una conversación que no me interesa:

—Fui a la boda de mi hermana. Nunca te he contado que tengo dos hermanas y un hermano. Mi hermano es mayor que yo. Tiene un colmado en el pueblo y está casado con una gallega redonda, a quien conoció en unas vacaciones en la Coruña, habladora y encantadora. Le ha parido cinco hijos, todos varones. En esa casa la que manda es ella. Mi hermana mayor es viuda; el esposo murió de pronto, pero claro era mucho más viejo que ella. Está sola con una hija de quince años. ¡Si vieras la niña, lo hermosa que es! Es una lástima que su meta sea casarse, con un buen hombre dice ella, para tener muchos hijos. Mi madre la escucha y no comenta cosa alguna. Siempre ha sido muy callada, pero recuerdo que cuando éramos niñas nos decía que estudiáramos para que pudiéramos hacer otra cosa que no fuera parir niños, como ella. Se ha casado la más pequeña; yo le llevo diez años. Papá estaba muy orgulloso porque se casó con un maestro, hijo de un amigo de él. Mi hermana me hizo prometer que la próxima sería yo. Será en Segovia, claro. Hubo de todo: música, vino, cochinillos... una torta inmensa. Los hijos de mi hermano se dedicaron a correr, y a pelear; son unas pequeñas bestias. Si hubieras estado allí, tocaron una música...

—Sería bueno recogernos a dormir. Mañana hay que partir hacia San Juan temprano —la interrumpo; nunca la había visto así de habladora y me molesta.

—Sí, pero me gustaría saber… ¿qué querías contarme?

—Pues… —Siento que su pregunta es genuina y decido contarle para saber su opinión. Siempre me ha dado buenos consejos—. Una noche caminado por la ciudad entré en un local y conocí una mujer como no había visto otra jamás. Es morena de ojos verdes con un cuerpo hermoso, debe tener apenas veintitantos años. No puedo dejar de pensar en ella —le digo y miro atento a ver cuál será su reacción. Tengo que hacer esto.

—¿Por qué?… No puedo comprender tu conducta. Hemos viajado por múltiples ciudades… y después de tanto tiempo viendo mujeres jóvenes, exóticas y hermosas a las que nunca les has prestado atención, vienes a fijarte en una niñita de veinte años. ¡Una mocosa! Con la que seguramente no has tenido una conversación real. Yo pienso que tú necesitas una mujer mayor, con experiencia. Una niñita de veinte años te va a molestar algún día.

—¡Mariela! ¿Qué te pasa? Estás reaccionando como una novia celosa y nosotros, bueno, hasta donde yo entiendo, somos amigos. No esperaba que tú…

—¿¡Que yo qué!?, ¿que no me indignara viendo cómo te piensas involucrar con una niña sin cultura? Protestar por tu decisión es lo menos que puedo hacer.

—Siento que te enfades. Tal vez lo mejor es retirarnos a dormir. Estoy cansado. Mañana de regreso podríamos conversar sobre esto con más calma —le indico, mientras retiro la silla y pongo el pago de la cena sobre la mesa.

—Sí, sí, vamos a dormir. Yo también estoy cansada. Y mañana creo que me quedaré aquí a conocer la ciudad y a ver a los otros jóvenes de la academia. No creo que volveremos a hablar de esto… ni ahora… ni nunca.

Caminamos hacia la casa en silencio. Nos despedimos en la sala, con un abrazo corto, vacilante; y un beso en cada mejilla.

10 de febrero de 1932

Dos finales

Me levanté temprano a despedir a Mariela. Anoche llegó de Ponce y no quiso reunirse con nosotros. Le prometí que desayunaría con ella y luego la acompañaría al puerto. En eso quedamos, pero cuando la fui a buscar no respondió al toque en la puerta. Fui a recepción y me informaron que salió sumamente temprano, maleta en mano.

—Dejó una nota para usted —me dijo la recepcionista mientras me la entregaba.

Me retiré a mi habitación a leerla. Me senté en una butaca junto a la ventana y abrí el sobre.

9 de febrero de 1932
Querido Alphonse:
Lamento que mi visita interrumpiera tu trabajo. A veces uno se hace de ideas equivocadas y creo que eso me ocurrió contigo. Espero que la investigación para tu reportaje sea un éxito. Me parece que no es buena idea desayunar juntos. Las heridas, como las pinturas, requieren de tiempo para secar bien. Tiene que correr el tiempo. Probablemente nos volvamos a ver en Madrid, si es que regresas.
Tu amiga que te quiere para siempre,
Mariela

Es una pena todo esto. Mariela es mi amiga y la voy a extrañar, pero ¿por qué carajo le dio con enamorase de mí?

*

Llego junto a Victoria a escuchar las deposiciones. Reviso mis notas y no puedo comprender por qué las preguntas son casi todas iguales. Que si conocía al doctor Rhoads, que si trabajó junto a él, que si cómo sacaba sangre... No se abunda en detalle alguno. Parece que todo terminará hoy. Han entrevistado médicos, personal del laboratorio y algunos pacientes. Celiana Nueces aún no pasa por San Juan y por lo visto ya no aparecerá. Lo más que me irrita es tener que aceptar que a Rhoads no lo van a entrevistar. Por ser gringo le otorgaron la defensa más absoluta; ¡ni que fuera un dios del Olimpo!

202

—Ya estoy aburrida —me dice Victoria mientras sigue escuchando—, las contestaciones son casi iguales y las preguntas ni hablar.

—Y no hay esperanza de que llamen a Rhoads. El gobernador lo excusó.

—Bueno, si encuentran caso para juicio tendrá que venir —comenta Victoria, y continúa con las anotaciones.

—Algo me dice que no volverá a pisar la isla.

Decido ir organizando el material para escribir un artículo cuando salgamos. Estoy por terminar cuando escucho a Victoria anunciar que dieron por concluidas las deposiciones. Recogemos nuestro material y salimos a llamar a la amiga para que venga a desmantelar la oficina.

*

Victoria se fue con su enamorado. Yo debo terminar mi artículo, y tengo montones de papeles regados sobre la cama y el escritorio. Algunos son de las deposiciones, otros son sobre Baldoni, sobre los otros empleados, sobre Rhoads y sobre el licenciado Albizu Campos.

Es interesante este hombre, Albizu. Una figura que parece haberse levantado de la nada. Descubrí que la abuela era esclava y la madre se suicidó cuando él era apenas un niño. Creció libre bajo el cuidado de la tía, que era lavandera. Entró a la escuela tarde, pero parece que era muy inteligente y cubrió todos sus grados rápidamente. El padre vino a darle el apellido cuando ya era estudiante en Harvard; para entonces tenía veintitrés años. Se hizo abogado, pero no ha querido hacer dinero con eso y se limita a ayudar a la gente que lo necesite y a promover el pensamiento nacionalista desde su partido. Me gustaría poder incluir más de su historia, pero no creo que eso sea relevante para mi noticia, así que estos papeles los puedo botar.

Me concentraré en reportar que terminaron las deposiciones. Ha sido muy difícil extraer información importante de estas deposiciones, pues es cierto lo que dice Victoria: las preguntas se repiten y no se abunda en las contestaciones. No puedo comprender por qué los empleados no cuestionaron el procedimiento de extraer sangre sin esterilizar adecuadamente. Me pregunto si se sintieron cohibidos de preguntar por entender que el gringo sabe más, solo por ser norteamericano.

12 de febrero de 1932

𝔖𝔢𝔠𝔯𝔢𝔱𝔬𝔰

Anoche salimos a cenar. Discutimos los asuntos del caso y entrada la noche intentamos cambiar de tema para relajarnos. Victoria aprovechó la ocasión para contarme que su padre aceptó al doctor. No fue difícil; el padre estaba tan empeñado en que ella no se quedara jamona que Victoria solamente tuvo que hacer una llamada telefónica y aceptó. Claro que la madre pidió una reunión de ambas familias para formalizar el compromiso antes de que ella parta hacia Nueva York. Ayer hablé con mi jefe y le hablé de Victoria y lo buena asistente que ha sido, así que me autorizó a llevarla conmigo; ya tiene una plaza como investigadora. Pautarán la boda para la primavera del próximo año. Me corresponde ser chaperón, pero me siento feliz por ella. Mi jefe está muy entusiasmado por conocerla.

—Cuéntame —me dijo ella en voz baja.

Yo le pregunté qué debía contar.

—Lo que te pasa.

Mi prima me conoce demasiado. Sabe que hay algo que me preocupa. Decidí contarle la situación de la otra noche, cuando me fui a recorrer la ciudad y pasé frente a un local que luego comprendí que era un prostíbulo, pero de todas formas entré a ver qué información encontraba. Le dije que allí conocí una mujer a la que no puedo sacarme de la mente.

—¡¿Una prostituta, tú estás loco?!

Victoria se escandalizó. Le aclaré que la joven no es prostituta, es la hija de la dueña. Continuamos la conversación mientras caminábamos hacia el hotel. Tenía que desahogarme. Le narré todos los pormenores, la historia de Nena y su hija, e incluso el momento en que le negué el saludo a la mulata.

—La tengo grabada como si me hubiera echado un brujo —le confesé.

Mi prima por todo comentario se rio. Le conté que cuando se lo dije a Mariela, que había conocido una joven hermosa, sin decirle que fue en un prostíbulo, ella se retiró bruscamente y me dijo que esa no era mujer para mí, que yo necesitaba a alguien que conociera mundo, madura, con experiencia. Para mi sorpresa, cuando terminó de decirme todo eso me informó que se quedaría en Ponce.

—Ni siquiera me esperó para desayunar con ella y llevarla al puerto —le dije a Victoria—. Solo me dejó una carta en la recepción del hotel.

—Te dije que estaba enamorada de ti, o tal vez infatuada, pero no me hiciste caso. Eso aparte, la hija de una prostituta no es mujer para ti. Primo, ella carga con la mancha de su madre. Además, no es blanca. Si bien es cierto que ambos tenemos amistades negras, sabemos que no los podemos compartir con todo el mundo y que no es posible invitarlos a todos los eventos que quisiéramos; porque nuestros padres son bien racistas. Tendrías que tenerla oculta hasta que tus padres se mueran. Y si llegan a tener hijos, tú sabes que los van a rechazar. No pienses más en ella. Olvídala, con el tiempo se te pasará —terminó diciéndome Victoria al abrir la puerta de su habitación.

*

Hoy me levanté con la expectativa del resultado de la investigación. ¿Habrán encontrado causa para juicio? Me visto rápidamente y salgo a la calle a buscar algún periódico; llego hasta el colmado de la esquina. Mi sorpresa es indefinible. Hay realidades difíciles de aceptar. Me detengo a mirar el titular. En poco tiempo pudieron revisar todas las deposiciones para proveer la noticia que sobresale en el periódico *El Mundo*:

NO SE HA COMETIDO DELITO ALGUNO.

Importa muy poco la noticia. Él es inocente. Pago el diario y me retiro a la habitación a leerlo. Estoy agotado, es un cansancio que no tiene que ver con la fuerza física. Decido recostarme otro rato. Cuando despierto, el ejemplar descansa sobre el escritorio de la habitación junto al menudo y las llaves. Al recoger el menudo me percato de la moneda que me recibió al llegar a la isla y la flor de lis que tanto admiro. Estoy confundido con esta noticia, pero la reportaré tal cual es.

Me cuestiono si validaron toda la prueba, si repasaron todas las deposiciones y eliminaron aquellas que se contradecían, o que a fin de cuentas no aportaban nada. Estoy frustrado por el silencio del sistema, por la resistencia del doctor Castle. Repaso en mi mente la conversación que tuve con el gobernador y no puedo creer en lo que me dijo:

—El doctor Rhoads escribió esa carta como una forma de liberar tensión. Era una broma. Así mismo me lo escribió en una carta y se puso a mi disposición para venir a la isla a aclararlo si yo quería. Pero le dije que no.

¡Una Broma! Le pregunté que si de verdad podía creer eso. Le prometí que no lo iba a citar, pero que me dijera su impresión real. Después de presionarlo, me aceptó que él no creía la excusa de que la carta fuera una broma. Me comprometí a no citarlo.

Recuerdo ese momento y releo el titular. Si el gobernador mismo piensa que hay algo de verdad en este asunto, tiene que haber sido silenciado por una mano más poderosa. Solamente eso podría excusar que no lo trajo de vuelta a la isla. Pero no puedo escribir eso. Doy vueltas por la habitación buscando en voz alta las palabras con las que quiero redactar la noticia para mi periódico. Han sido días de mucha búsqueda y pocos resultados. Me parece que aún hay hilos sueltos. Decido vestirme y salir de mi habitación hacia la de Victoria. Me paro frente a la puerta y golpeo con fuerza, mientras la llamo.

—¿Para qué me quieres? Hoy no tenemos que trabajar, ya se acabó la investigación —responde al abrir la puerta.

Le contesto que no, que hay asuntos pendientes, y la invito a ir conmigo a ver al fiscal. Victoria dice que todo el mundo va a querer verlo hoy y me pregunta por qué creo que me va a recibir. Mi contestación es inmediata, básicamente porque el periódico que represento es norteamericano.

El fiscal se encuentra en su oficina después de terminar con los reporteros que madrugaron. Ya es prácticamente mediodía y estoy seguro de que no espera que aparezca más ninguno. Le anuncian que estoy en la sala de espera y me manda a pasar. Apuesto a que se siente orgulloso de su trabajo. Nos recibe muy sonriente y nos invita a sentarnos en las butacas que quedan frente a su escritorio. Lo menos que espera es que yo venga a cuestionarlo. Tan pronto me acomodo, le comento que ha sido un caso interesante y que me imagino que se sentirá feliz de haber terminado. El fiscal comienza a disertar sobre todo el trabajo que tuvieron que hacer y las múltiples deposiciones que tomaron. Entonces aprovecho para preguntarle cómo pudieron evaluar todas esas deposiciones en un día. Su expresión facial pierde la sonrisa, recuesta el torso en el espaldar de la silla ejecutiva, cruza los brazos ante el pecho y se pone a la defensiva para contestarme que llevan muchos días. Yo le comento que llevan muchos días poniendo la gente a contestar preguntas, pero la maravilla es que lograron analizar los datos en un solo día. Le pregunto si reclutaron a un grupo de personas, porque a mí me parece impresionante, por no decirle increíble.

Victoria toma notas de la conversación y yo observo cómo él la mira.

—Usted es un cínico —riposta, molesto—. Tenga claro que yo no juego con la ley.

Le pido que no se moleste. Sé que se le ha terminado la paciencia, y antes de que me bote le pregunto si tuvo la oportunidad de hacerle alguna pregunta al doctor Rhoads. Se excusa con el hecho de que el doctor está fuera de la isla. Me lo dice con esa tranquilidad, inclinándose hacia el frente mientras coloca los brazos sobre el escritorio. Yo no voy a tolerar esa excusa tan tonta. Existe el teléfono, le argumento. Y como si no le hubiera dicho eso, me asegura que el gobernador está satisfecho con esa investigación. Lo que le voy a decir no le va a gustar, pero lo haré. Le comento que el gobernador es norteamericano, y seguido le pregunto qué opinan los médicos.

—Están muy complacidos, entre otras cosas porque hay mucha investigación clínica que se debe hacer y hay que continuar los estudios.

Yo no puedo creer que aceleraran la investigación por eso. Se lo comento al fiscal y se molesta.

—Terminemos esta entrevista. Por favor, váyase.

Mientras me paro de la butaca le cuestiono que si entrevistó a todos los pacientes. Con toda candidez me dice que a la gente pertinente. Cuando le señalo que la gente pertinente no incluye a los muertos, se encoleriza.

—¡Lárguense de mi oficina! —nos ordena.

Antes de cerrar la puerta trato de indagar quién entrevistó a los pacientes de Cidra, aquellos que aportó Celiana Nueces, y lo reto a proveer la información. No me contesta; se levanta y se dirige hacia la puerta de la oficina, la abre y nos hace gesto de que salgamos. Salimos erguidos, y tanto Victoria como yo lo miramos al salir, serios y en silencio. Decidimos seguir caminando hacia la Mallorquina. Cuando me asignaron este proyecto jamás pensé que me iría sin respuestas, con la cabeza llena de dudas. Victoria se resigna a nunca saber la verdad, a que solamente contará con el recuerdo de una carta para aceptar que era cierto.

209

En medio del almuerzo entra al local mi amigo Carlos; observo que camina hacia nuestra mesa. Lo invito a sentarse y luego de saludarnos coloca disimuladamente un sobre sobre la mesa.

—Fui al hotel y me dijeron que habías salido. Me imaginé que estabas aquí. Mira, otra carta… la llevaron a Fortaleza. Esto es una copia. La encontraron recogiendo la oficina de Rhoads en su escritorio, dentro de la gaveta con cerradura de llave. Parece que no le dio tiempo a enviarla. No digas quién te la dio porque me puede costar el trabajo. Ya destruyeron la original —me indica.

Carlos se dedica a conversar con Victoria para no llamar la atención de la gente. Yo abro el sobre y leo.

5 de diciembre de 1931

Querido, Ferdie:
A algún estúpido se le ocurrió meterse en lo que no le importa y abrió una carta que había escrito para ti. En esta te comentaba lo desgraciados que son estos seres puercos, vagos y pillos, peor que los italianos. Lo mejor era que te informaba que había conseguido matar unos pocos y trasplantar cáncer a otros. Se me ocurrió dejarla sobre el escritorio y la encontraron. ¡Están humillados! Ahora tengo que hacer de médico bueno y simpático para toda esta gentuza apestosa que es la escoria más mala sobre la faz de la tierra. Hasta los médicos son inferiores, y eso que muchos se han educado en Estados Unidos; pero no se puede comparar una mente de un norteamericano con la de un puertorriqueño, al igual que nos pasa con los negros. Son razas inferiores. Debemos hacer un programa para ponerlos estériles y que no se procreen tanto, son unos ratones pariendo. A mí no me preocupa la carta porque aquí nadie tiene el conocimiento que tenemos nosotros sobre trasplante de cáncer, y además ni idea tienen de las infecciones que se adquieren por la sangre. En sus caras los inyecté con jeringuillas sucias y "los animales experimentales" no protestaron. Bueno, te

dejo porque acaba de entrar el jefe. Te veré en unos días porque si esto sigue como va me tendré que ir. Lástima, porque no voy a saber el resultado de los que inyecté con cáncer.
Dusty

Me siento insultado. Tengo tanto coraje que si tuviera a ese tipo frente a mí, en este momento, sería capaz de matarlo. Le pregunto a Carlos quién ordenó destruir esta carta y me informa que fue un acuerdo entre el fiscal y el gobernador Beverly porque concluyeron que si la hacían pública traería más problemas, especialmente con los nacionalistas. Me recordó que no la puedo publicar. Me la trajo para ayudarme a cerrar todo este asunto. No podemos ir en contra de las instituciones, ni mucho menos contra el poder del dinero. Es difícil aceptar la derrota con las cartas de la victoria. Me siento fracasado en mi propósito. Medito sobre el futuro de mi isla, de mi gente. Sé que serán sometidos a nuevos experimentos que los mutilen, que los enfermen, la puerta permanece abierta porque este maltrato queda impune. Victoria me acaricia la frente y Carlos me mira, sin saber qué decir. Le doy las gracias por haberme permitido saber de la existencia de esta carta, aunque no pueda mencionarla siquiera. Ya sé que la primera era definitivamente cierta. Hay intrigas que se enredan en un tejido de preguntas y respuestas hasta formar un nudo sólido, del que jamás saldrá la punta que desenlace la verdad. Voy a escribir el artículo con la información disponible.

*

La noche refresca la calle con un aire suave. Victoria se fue a pasear con Alberto, y yo, agotado por todo este proceso, decido salir a caminar. Involuntariamente, o tal vez no, sigo hacia la calle Salvador Brau. Necesito alguna satisfacción, algo que me traiga alegría. Me detengo ante la puerta del prostíbulo; Nena no está en la entrada. Miro hacia el pasillo oscuro. Tengo la mano en el bolsillo delantero y juego con la moneda, mi amuleto. Vacilo sobre si debo entrar y cuando pongo el pie en la entrada escucho el roce de una falda acercarse. Es ella, la mulata hermosa. Camina hacia mí. Por un instante me siento animado. Ella me mira fijamente sin decir palabra. Tiene una mirada melosa y triste. Yo retrocedo a la acera y ella sigue caminado. Estoy presto a disculparme por no haberla saludado en la iglesia, cuando veo salir tras ella al legislador del otro día.

—Buenas noches, joven —me saluda el caballero. Agarra a la mulata por la cintura y la aleja de mí, caminando hacia un coche estacionado más adelante.

No puedo negar que me duele. Sin embargo, es mejor así. Victoria tiene razón. Dentro de algunos días ella será solo un recuerdo. Después de todo, mi vida no es propia para amores. Una mujer solamente estorbaría mis planes como reportero.

212

18 de febrero de 1932

Marejadas dispersas

Estoy en mi apartamento, en Nueva York, este es el nido en donde me siento más feliz. Aquí, entre mis libros, con mi escritorio regado y la frisa que descansa en el sofá. Ha sido una asignación frustrante la que hice en la isla. Victoria, quien llegó hace unos días, está incrédula ante lo que descubrí a mi retorno. Un buen reportero no se queda con dudas y yo soy un buen reportero. El día en que llegó nos amanecimos mientras yo le contaba.

—¡Anda, primo, cuéntame con lujo de detalles! —me animó.

—Al regreso me detuve en Boston a llevarle a mi madre unos encajes que le compré en San Juan y el collar de perlas que le envió la abuela. Mamá se puso muy contenta, pues hacía más de un año que no los visitaba. Papá estaba indiferente. En su mapa militar no hay espacio para los mimos ni los cariños. Me recibió estrechándome la mano. No recuerdo un abrazo de mi padre. Estuve conversando con ambos sobre el asunto que me había llevado a la isla. Mi padre me escuchó en silencio y luego me dijo que iba a llamar a un amigo.

»Se levantó de la butaca y regresó al poco rato con un papel en la mano. Había llamado a un amigo médico, militar retirado. Con él consiguió la información del doctor Peyton Rous, un investigador del cáncer, y le prometió que lo llamaría para que yo me pudiera reunir con él. Con ese gesto papá borró mis dudas de que yo fuera importante para él».

—Tu siempre has sido importante para él, no seas llorón —me precisa Victoria—. Es que el hombre es seco, pero yo recuerdo con el orgullo que te miraba.

—Bueno, el asunto es que me reuní con el doctor Peyton Rous al otro día. Es un hombre muy conversador. No quise decirle el motivo de mis cuestionamientos, sino preferí contarle que haría un reportaje sobre salud. Sin embargo, él ya lo sabía todo. Bastó una sola pregunta para que comenzara a hablar. Le pregunté: "¿Se puede trasplantar el cáncer?". Y él me respondió:

Te voy a hacer una historia. En el 1910 yo tenía una secretaria que se llamaba Ann. La mujercita era muy vivaracha y siempre estaba cantando. Un día entró a mi oficina a entregarme unos expedientes y como no la escuché en su tarareo le pregunté si le pasaba algo. Me respondió que no, en voz baja, ladeando la cabeza y levantando la vista con el clamor de que yo siguiera insistiendo, de que quería decirme, pero no se atrevía. Después de un rato me contó que su padre era un viejo granjero criador de aves, sobre todo de pollos. Recientemente le pareció que a una de las aves le había salido una masa que iba expandiéndose. El viejo temía que fuera contagioso y se infectaran las demás, así que le pidió a ella que lo ayudara y ella pensó en mí. Yo le dije que viniera a verme con el ave.

Todavía hoy puedo recordar con detalle ese día. El hombre regordete, de cachetes rosados y cabello escaso, entró a mi oficina a paso lento cargando un saco sobre la espalda. No pude evitar imaginarme cómo se habría visto ese ser con las botas llenas de fango embarrando a su paso el mármol de los pasillos del Instituto Rockefeller, para la Investigación Médica. Ante la risa que me ocasionó el pensamiento me asaltó la conciencia de que el hombre vivía de criar pollos, entonces le ofrecí una silla y le dije:

—Buenos días, Sam, entre y siéntese.

Sam me dio las gracias y extendió la mano para saludarme, pero yo las examiné de un vistazo y resistí. Estoy acostumbrado a defenderme de la contaminación, de la tos, del estornudo que esparce miles de microgotas y de las superficies llenas de asquerosidad. Esas manos no estaban muy lejos de ser una de esas superficies. Tenía en las uñas lodo de lo que parecían ser años, y entre los pliegues callosos tenía líneas dibujadas por la tierra. No quería parecer elitista, pero no me iba a arriesgar. Opté por un saludo supuestamente cariñoso, como a un niño. Usted sabe, el saludo de los políticos en campaña, de los millonarios con sus súbditos: una corta, cortísima, palmada sobre el hombro derecho. El hombre se estrujó las manos en la tela del bluyín y se excusó con aquel acento sureño:

—Perdone usted que tengo las uñas llenas de tierra, y fango en las manos, pero es que la maldita gallina no se dejaba coger y tuve que correrla por casi media cuerda.

Sin embargo, a mí no me interesaban las excusas. Entre falsas bromas animé al granjero para que abriera el saco y me mostrara lo que traía. La impaciencia me corroía mientras el hombre se levantaba y caminaba por la oficina con el saco en la mano buscando una superficie para colocarlo. Yo procedí a abrirle un espacio sobre la mesa de conferencia, entre los papeles y los textos abiertos, para que colocara la bolsa de saco. Cuando por fin lo desanudó sacó una gallina con una protuberancia evidente. El granjero sostuvo al ave mientras yo examinaba el tejido. Lo agarré entre las manos, palpé la masa varias veces, era apenas flexible. Definí los bordes del contorno. No había visto semejante hallazgo en ningún animal antes y me cuestioné qué tipo de tejido tendría. Mientras la tocaba pensé en mi investigación de cáncer y decidí quedarme con el ave; a ver cómo podía servir a mis proyectos. Como para un granjero es ofensivo matar un ave que no se va a ingerir, recuerdo que le advertí:

—Bien, Sam, me quedo con ella y verifico qué cosa es esto. Pero ten presente que la voy a matar y no me la voy a comer.

El granjero me murmuró con voz temblorosa:

—*Yo lo sé. No se preocupe, haga lo que tenga que hacer. Yo tengo que salvar los otros pollos. Imagínese todo lo que yo perdería si eso fuera contagioso.*

Cuando se fue agarré el saco, caminé hasta el laboratorio, se lo entregué a mi ayudante y le ordené matarla. Richard lo abrió y miró con cautela hacia adentro. Cuando vio la gallina quedó perplejo. Apenas había abierto la boca cuando yo le di la espalda y me fui a hacer otra cosa. Después me confesó que jamás había matado una gallina, ni siquiera cuando se criaba en los campos de Kentucky. Richard la observó, vacilante. Cuando estaba a punto de salir a buscarme porque no encontraba cómo matar la gallina, la ve pintando la superficie de su mesa de trabajo y los papeles cercanos con pura mierda. ¡Ja! Se decidió de sopetón. La agarró con la mano derecha en la cabeza, dedo pulgar entre el cráneo y pescuezo, la levantó por las patas asidas con la mano izquierda, haló, presionó en la unión con el pulgar hasta que sintió el golpe seco y, ¡al fin!, gallina muerta. Yo estaba todo ese tiempo ante mi escritorio revisando la literatura médica reciente. Cuando estimé que Richard había terminado me dirigí al laboratorio. Me acerqué al ave acostada sobre la bandeja con el pecho hacia arriba. La masa se proyectaba de frente a mí. Volví a tocarla, esta vez con más seguridad, apretando al máximo para poder definir con precisión los bordes. Le pedí los materiales de disección a mi ayudante. Tomé el bisturí y con mucho cuidado comencé a cortar, con delicadeza de artista, los bordes de la masa. Al sacarla la coloqué sobre una bandeja. Trocé un pedazo y de él obtuve una pieza extremadamente fina para preparar una laminilla. La coloqué en el microscopio. Me acerqué al ocular con una ceremonia que impacientaba más aún a Richard, y tras examinarla por mucho rato me retiré, lo miré y le dije con suma satisfacción:

—*Es un sarcoma. Aunque ya otros lo han intentado yo voy a hacer mi propio experimento. No lo que hicieron los demás. Nosotros vamos a preparar un filtrado sin células para tratar de propagarlo.*

*Richard no estaba muy entusiasmado y no perdió un minu-
to para recordarme que los experimentos que se habían hecho
hasta entonces no funcionaron. Yo lo ignoré; si la ciencia depen-
diera de estos jóvenes que se desaniman con el primer fracaso,
todavía estaríamos tratando de curar con cánticos y rituales. La
ciencia se trata de eso mismo. Piensas, haces, fracasas y entonces
vuelves a pensar para comenzar de nuevo. En algún momento
se logrará. Le ordené que llevara todo a mi área de trabajo y
que me buscara la arena estéril. Él no podía ocultar su fastidio.*

*Yo sé que a usted no le interesa todos estos detalles, pero a
mí me entusiasma contarlos. Lo revivo. Procedí a picar la masa
en trozos cada vez más pequeños y luego a prepararla con arena
estéril. Cuando estaba bien mezclada le agregué una solución
de Ringer's, la batí, caminé hacia la centrífuga y le ordené al
ayudante que buscara varios envases. Richard me observó, se
sonrió y busco los envases. Filtré la mezcla y la vertí en los envases para guardarla. Días más tarde, juntos, inoculamos varias
aves con ese filtrado sin células.*

217

Todo ese rato yo estaba como embelesado, lamentando que
no hubiera tenido acceso a esta información antes. Quise saber
los resultados de la investigación y le pregunté por ello. Y el
hombre agarró los topos otra vez.

*¡Sí! Y la presenté en febrero del 1911, precisamente para
los días en que se aprobó la patente para la manufactura de
Savrite, un medicamento para tratar la tuberculosis. Me ama-
necí en velo. Fue todo un evento en aquella convención médica
y mi investigación salió publicada en la revista médica Jour-
nal of the American Medical Association, mejor conocido como
JAMA. Para que no faltaran datos les conté en detalle cómo
había preparado la solución sin células y la había inyectado
a cada una de las otras aves. Al final resumí la evidencia y
presenté que sí, que es posible transmitir un cáncer de un ave a*

otra sin tener que utilizar las células, solamente con el filtrado. En ese filtrado hay un organismo parasítico diminuto, un virus; y ese virus puede ocasionar cáncer. Ese día me aplaudieron como si yo fuera una estrella. Claro está, ya han pasado muchos años y ahora sabemos que no todos los cánceres se comportan igual.

Cuando Peyton terminó de contarme decidí investigar si guardaba alguna relación con Rhoads y le pregunté si lo conocía. Me expresó que le parecía haber escuchado el nombre, pero que no lo conocía. Todo esto me lo informó mientras se rascaba la nariz y alejaba la vista de la mía. Yo insistí buscando su mirada y le cuestioné si había intercambiado datos o conversaciones con él. El doctor Peyton afirmó que no, y me enfatizó que a él no le aportaba ningún beneficio relacionarse con un "desconocido" sin carrera en investigación. Eso mismo dijo, "desconocido". Yo le mencioné que me habían descrito unos detalles de la forma en que Rhoads preparaba su tejido, que eran similares a los que él me acababa de señalar. Entonces me miró sin otra expresión que un leve ceño de entre cejas, agarró los brazos de la butaca en ademán de levantarse y me dijo que había sido interesante conversar conmigo, pero que tenía que seguir trabajando. Sin más, me llevó hasta la puerta, me extendió la mano y, al corresponderle, apretó la mía con fuerza, y me dijo: *"Solo hay un bien: el conocimiento. Solo hay un mal: la ignorancia;* lo dijo Sócrates, no lo digo yo. Yo solamente lo justifico".

—¡Válgame, si se justificaron! —exclamó Victoria, incrédula y agotada.

Desde esa noche han transcurrido varios días. Aún están en el medio de la sala varios baúles con montones de cosas, todos de mi prima. Trajo vestidos de gala, de paseos de domingo, de trabajo, zapatos para combinar, collares, pantallas, libretas de notas, libros que son sus favoritos y hasta una muñeca que guarda de su niñez. Sé que eventualmente donará casi todo; por eso la dejé traerlos. Ya le enseñé dónde está el almacén del Ejército de Salvación. Lo hice de una forma muy discreta, señalándole que allí podría conseguir artículos buenos a precios bajos. Algo que debe aprender para poder vivir con sus propios ingresos. Ella apenas ha abierto un baúl con la promesa de que no llegará a fin de este mes sin haberlos vaciado todos. Hoy por la mañana salió hacia la redacción a trabajar. Me pidió que nos encontráramos a la tarde en el Parque Central, para luego seguir de largo a comernos cualquier cosa y recorrer las calles que ella aún no conoce.

Pedí vacaciones y estimo que tendré el tiempo suficiente para poner en orden varios asuntos: ayudar a Victoria, llevarla a conocer las esquinas de la ciudad, organizar mi apartamento y programar mi próxima investigación en España. Hoy me levanté a las diez de la mañana y me tomé un café sin leche, casi como agua, pues se me olvidó traer café de la isla y este café americano tiene muy poca tinta. Me visto con un pantalón azul marino y una camisa blanca de manga larga. Casi en la puerta regreso a buscar el abrigo; he perdido la costumbre de salir con este. Apenas ha nevado en estos días, pero el frío está presente. Cuando salgo a la calle recuerdo la humedad de San Juan y tal vez, por pura nostalgia, extraño el sudor en la frente. Antes de seguir hacia el Parque Central decido caminar hacia el centro Rockefeller. Ese apellido estará para siempre ligado en mi memoria con el caso Rhoads, pero a pesar de eso quiero ver el área de construcción. Me acerco, como muchos, y miro hacia una de las construcciones, el edificio de la RCA. La estructura se levanta en múltiples vigas de metal que parecen sostenerse en el cielo sin amarre alguno. Son hileras entre nubes, mundos que nos ofrecen una visión del hombre pequeño sostenido sobre la nada; una metáfora en vivo de la vida, de lo poco que somos. Me maravillo ante los obreros sentados en fila sobre una de las vigas, a cientos de pies de altura. En la extrema esquina hay uno mirando hacia el horizonte. Todos los demás parecen conversar con el que está a su lado. ¿De qué hablarán a cientos de pies del suelo? ¿Serán las mismas conversaciones livianas de cualquier almuerzo de oficina? Pienso que sí, que la única forma de no temer a esa altura es ignorándola; no hay que mencionarla. Aquello que no nombramos no existe y, por lo tanto, no nos puede hacer daño. Los obreros mueven las piernas en el aire mientras conversan y comen. Hay una confianza en ese gesto que reta los límites de la lógica. Confían entre ellos, confían en ellos, confían en las vigas que han puesto. Día tras día cada uno sube a esos niveles a trabajar y jamás piensa que otro tal vez no apretó un tornillo como debía, jamás considera que al compañero al que insultó en la tarde anterior, ante cualquier frivolidad, lo pueda empujar. Me pregunto de dónde nace esa conducta de tanta confianza, ¿nacerá acaso de las privaciones de la época, de la tasa de desempleo tan alta y la oportunidad que representa la construcción? Tiene que nacer de la necesidad: una diferente para cada quien.

La necesidad de salud hizo que un grupo de pacientes entrara a un estudio buscando que le aliviaran la anemia, y confiaron ciegamente. Una serie de médicos colaboró en ese estudio por la necesidad de ser reconocidos y respetados, sintiéndose que por ser de una isla eran menos. Convencidos de que, al estar parados al lado de un grupo de médicos norteamericanos, eran algo más. Baldoni entregó una necesidad por otra. Para él, el honor suyo y de su gente era la necesidad más importante y por defenderlo lo arriesgó todo.

Me retiro del área cuando los obreros se levantan y caminan por las vigas de regreso a continuar sus respectivas labores. Decido continuar mi camino, y al pasar frente a un puesto de frutas me detengo a comprar una manzana. Alcanzo a ver en el puesto de revistas un *Time* que tiene en la portada al premio Nobel de la Paz de 1931, Nicholas Murray Butler. Al abrirla veo un artículo que me llama la atención: *Medicine – Porto*

Ricochet. Doblo la revista y la coloco bajo mi brazo derecho mientras escojo la manzana. Pago por ambos y me marcho a leerla en el Parque Central. De camino aprecio las filas de cientos de desempleados que caminan lentamente a recoger una taza de sopa y un pedazo de pan en los puestos ubicados en los predios del parque, cerca de las tiendas de vivienda temporera para aquellos sin hogar.

Me ubico en un banco. Desde aquí veo a lo lejos la fila inmensa y las múltiples casuchas. Un mundo de pobreza en el centro de la ciudad. Abro la revista y busco el texto. El título me parece muy cínico. Solamente pronunciarlo me trae a la memoria la bala que rebota en un objeto y se dirige hacia otro. Por pura naturaleza, sin intención específica. ¿A quién se le pudo haber ocurrido ese encabezamiento tan necio? Me pregunto si el Dr. Castle habrá tenido algo que ver con este escrito. Podría ser posible que fuera él quien pensó en el titular. Por lo menos el Instituto Rockefeller de Investigaciones Médicas debe haber intervenido por medio de su agente de propaganda para que este reportaje los haga ver bien. Leo:

Porto Ricans… are beyond doubt the dirtiest, laziest, most degenerate and thievish race of men ever inhabiting this sphere. […]

Cuando termino de leer el párrafo descanso la revista sobre mi falda. Solamente Victoria y yo, de todos los lectores en la nación norteamericana, sabemos que esa no es la carta, que le faltan palabras. Esta carta, supuestamente citada, no es la original. ¿Dónde está la referencia a los italianos? Pero claro, a quién se le puede ocurrir siquiera intentar ofender a los italianos en Nueva York. Con su actitud de machos, y a bala limpia, es de conocimiento general que son dueños de la mafia en la ciudad. Los matones se bajan de un automóvil en cualquier esquina y matan al que le venga en gana. Podrían asesinar a un editor de una revista como *Time*, si se les antojara. Seguramente por ese temor eliminaron la referencia a los italianos en la carta del médico.

221

Levanto la revista de nuevo y sigo leyendo. Entre estas líneas hay otro Rhoads, un desconocido para los isleños. Es un galeno gentil, sacrificado, que ha sido enviado junto a otros colegas, por el Instituto Rockefeller, a visitar una isla de "nativos isleños" para ayudarlos a curarse de la anemia perniciosa. Este médico sacrificado ha donado de su propia sangre para ayudar a esos nativos. Una noche, sin más detalles en el reporte, el galeno regresa a su casa y se percata de que le han robado del carro un cojín y varios accesorios, sin dar más detalles. Para liberar su coraje, según el artículo, el galeno escribió esas líneas que encabezan el artículo. No dijo que fue una broma; no, era terapia.

Es difícil permanecer calmado cuando uno conoce la verdad. Me inundo de coraje. Tengo deseos de pararme en la mitad del parque y gritarle a todo el mundo que este artículo está viciado. ¡Que alguien me pregunte y les diré la verdad!

Prosigo la lectura para ver hacia dónde va. La caracterización de Albizu me parece una invención diabólica. Según el artículo, es un político mañoso que busca controlar la legislatura insular y ha utilizado la carta para ello. Dentro de la prosa presentan toda una escena caricaturesca del momento en que sale a los periódicos la carta y, para el tercio de la población que no sabe leer, un lector les lee la noticia como grupo. Las palabras se han escogido para hacer ver la situación como un acto producto de un país atrasado.

—Hola, Alphonse —me interrumpe Victoria al sentarse—, ¿hace rato que estás aquí?

Le digo que he estado leyendo el artículo del *Time*. Ella me menciona que lo comentaron en la oficina. Se siente tan ofendida como yo. No solamente porque a nosotros nos han presentado como idiotas, sino porque al doctor lo han presentado como un chico jovial, simpático y chistoso que libera su coraje escribiendo cartas que se supone que sean broma. Se me ocurre proponer que escribamos un artículo de respuesta, pero Victoria me informa que el jefe ya dijo que no, que ese tema hay que dejarlo morir; es noticia muerta. Yo espero que en el futuro algún otro lo investigue. Nos quedamos en silencio, absortos ante la enorme fila de gente que continúa creciendo en el puesto de comida. Victoria se levanta, agarra el bolso, extiende la mano y me dice:

—Ven, vamos a buscar un entretenimiento para olvidar todo esto.

Y sin pensarlo dos veces, le respondo:

—Sí, participemos del crimen, seamos cómplices del olvido.

Layda Melián (Yolanda López López)
(Puerto Rico, 1956)

Su primera novela, *La caída de Alejandro Curtos,* fue premiada con Mención de Honor, en el certamen literario 2014, del PEN Club de Puerto Rico Internacional. Ha publicado varios libros de cuentos: *Arturo Alfonso viaja en el tiempo, La niña que quiso contar cuentos, la vida de Pura Belpré* y *La culebra de Teresa.*

Por otro lado, sus cuentos han sido presentados en la revista *Inopia* y en la revista digital *Trapezio.* Además, forman parte de las antologías *Latitud 18.5, Divina, La mujer en veinte voces* y *Pandemia [de escritor@s] ante el distanciamiento social.* Su cuento "En el campo de Alfarero" recibió Mención de Honor en el Certamen de la Cofradía de Escritores de Puerto Rico y forma parte de la antología *Entre Libros*. Su obra ha sido incluida en varias antologías poéticas del Festival Internacional Grito de Mujer: *Metamorfosis* (V), *Flores Silvestres* (VI) y *Sueños rotos* (VII), así como en *Muñecas*, antología internacional contra el abuso infantil. También, han sido incluidos en *Di lo que quieres decir, 2020* y en *Poetas Intensos y Crianzas*. Melián es moderadora del taller de Cuento Básico en el portal de Ciudad Seva y miembro del colectivo *Amalgama G-7*. Con este grupo publicó la novela *Nadie descubrirá tus huellas,* premiada por el International Latino Book Awards 2020. Tiene un doctorado en Medicina, del Recinto de Ciencias Médicas de la Universidad de Puerto Rico, y una maestría en Creación Literaria, con concentración en narrativa, de la Universidad del Sagrado Corazón.

225